昏暁
～王は愛を知る～

Yue Natsui
夏井由依

Honey Novel

Illustration

瀧順子

CONTENTS

序章 ―――― 5
一章 ―――― 13
二章 ―――― 57
三章 ―――― 94
四章 ―――― 132
五章 ―――― 172
六章 ―――― 212
七章 ―――― 250
終章 ―――― 287
あとがき ―――― 291

序章

分厚い白い壁に囲まれた庭園には、木々が多く植えられていた。

その枝葉の合間から差し込む日射《ひざ》しが、青いタイルで舗装された細い道を輝かせている。

「――リイア？」

きらめく光を踏んで軽やかに歩いていたメデトネフェレト女王がふと立ち止まり、振り返って差し招いた。

「早くおいで」

「はい！」

昨年から女王のそば近く仕えるリイアは、十歳。見惚《みと》れていた草花から目を離し、華奢《きゃしゃ》な肩にかかる黒髪をふわりとなびかせ、慌《あわ》てて駆け寄る。

女王は黄金の装身具で飾った白い腕を広げ、リイアをぎゅっと抱き締めた。

「ちゃんとついてこないと、いなくなったのかと驚くではないか」

「もうしわけありません」

生真面目《きまじめ》に謝ると、リイアを見下ろして女王は頷《うなず》いた。その美しい顔は、リイアの母親と同じ年代とは思えないほど若く、潑溂《はつらつ》としている。

「さあ、行こう」

ふたたび歩きだした女王の白い亜麻布のドレスをまとった後ろ姿を見上げながら、どこまで行くのだろう、とリイアは首を傾《かし》げる。

このような場所に、なぜ？　――小さな胸に不安が萌《きざ》したときだった。

前を歩く女王が足を速めたので、慌てて後を追うと、正面に佇《たたず》む美しい館《やかた》が目に入った。

「わあ……」

白く輝く壁には神々の姿が大きく描かれ、連《つら》なる円柱に貼《は》られた黄金がきらきらと光っている。こんなところに、という疑問を忘れ、リイアは館に見入った。

開け放された両開きの扉の前には、男がひとりと数人の侍女が跪《ひざまず》いていた。女王が近づくと、彼らは深々と頭を下げていく。

「我らが女王よ」

「美しき女王よ」

唱和される賛美に頷きながら、女王は、扉前の階段をひと息にのぼった。

「ブーネフェルよ、あの子はどうしている？　今日は、会えるか？」

「お会いいただく前に、お話が……」

女王を迎えた男が頭を上げた。白い頭巾《ずきん》の下は知的な顔立ちで、眉間《みけん》に刻んだしわが深い。

黒い目がすうっと動いて、女王の背後に所在なく立つリイアをとらえる。

「その娘は、たしか……」

「そう、わたくしの乳姉妹《ちきょうだい》の娘よ。覚えておるか？　リイアだ」

ブーネフェルだけではなく、館の前に集《つど》う侍女たちも不思議そうな顔でリイアに目を向けた。女官や衛兵ではなく、こんな小さな女の子を——と、わずかな非難がそこに含まれている。リイアは敏感にそれを察して、自分にできる精一杯の大人っぽい仕草で頭を下げ、女王についていく。

ひんやりとした館の中、中央に長方形の内池《うちいけ》を配置した広間には、すでに椅子《いす》と卓《テーブル》とが用意されていた。背もたれにイチジクの樹《き》を描いた椅子に女王が座ると、その前にブーネフェルが跪き、頭《こうべ》を垂れる。

「申し上げにくいことですが……」

「待て」

女王は赤く染めた爪《つめ》をきらめかせて手を振り、遮った。そのまま目線だけでリイアを見上げ、ふっくらとした唇に笑みを刻む。

「おまえは奥に行っておいで。わたくしもすぐに行く。ふたりであの子に会おう」

「はい」

女王が口にした「あの子」が気になったが、自分を連れてきたのなら同じ年頃の女の子なのかもしれない、と思い、リイアは黙って広間を出ていく。

広間の先は、二面の壁に出入り口のある部屋が続き、四角くくり貫《ぬ》かれた窓からは庭園が見えた。縦に裁ち切られ吊《つ》るされた薄布が、ふわり、ふわりと、しとやかに揺れている。

人の姿はない。リイアはひとり、奥へと足を進める。

ふと気づくと、どこをどう通ったのかわからなくなっていた。戻れるかしら――と不安を感じたとき、扉に突き当たった。黄金で象嵌《ぞうがん》された聖刻文字《ヒエログリフ》の並ぶ、黒塗りの豪壮な扉だった。

「すごい……」

手を伸ばし、そっと触れる。

そのとき、目の端に人影が過《よ》ぎった。

反射的に視線を向けると、窓の下でだれかがパッとしゃがみ込むのがわかった。

堅固な壁に囲まれた館の内のこと、リイアは大した警戒心もなく近づいて窓に手を突き、外を覗《のぞ》く。

――いた。

子供だった。短い腰布をつけている。むき出しの上半身はそれほど日に焼けてはおらず、その胸元と腕に、豪華な装身具がきらめいていた。

「どなた？」

声をかけると、すくい上げるような視線を向けられた。墨を引いてくっきりと縁取《ふちど》った目は、虹彩《こうさい》が黒々としていて大きい。

「……おまえこそ、だれだ」
七、八歳くらいの、明らかに年下の少年だった。だが、声に含まれた強さと視線に大人びた色がある。
気圧《けお》されたリイアが窓から手を離すのと、少年が立ち上がったのは同時だった。

身長はさほど変わらない。黒い目がまっすぐにリイアを見つめ、細められる。

少年の黒髪はこめかみのひと房だけが長く、そこに黄金の瀟洒《しょうしゃ》な飾りがつけられていた。

リイアはハッとする。若年《じゃくねん》の髪房《かみふさ》――長く伸ばしたそのひと房に黄金を飾るのを許されているのは、王族だけだ。

「も、もうしわけございません……」

舌足らずな口調で謝罪しながら数歩下がり、部屋の内側で平伏すると、少年はすぐに身軽く壁を乗り越え、リイアの前に立った。

「だれだ、おまえ。ここで、なにをしている」

「あ、あの……」

頭を上げないまま答えを探して口ごもるうち、伸ばした手にすくうように顎《あご》をつかまれた。

驚いてビクッとふるえると、少年は片膝を突いて身を寄せ、大人びた仕草でリイアの顔を持ち上げた。

ごく近い距離で、視線が絡む。

じっと覗き込んでいた少年は、やがて眉《まゆ》をひそめてつぶやいた。

「――ヘンな色の目だな」

「……」

たしかに、よく変わっていると言われていた。光に透かした琥珀《こはく》のような色で、縁から滲《にじ》むように緑色が混じっている。

だが、言われているから慣れるというものではない。ヘンな色、と言われた目に涙が浮かんだ。目のことは、リイア自身も気にしている。

「こんなの、見たことないぞ」

しかし少年は容赦なく続ける。

「ほんとうにヘンだな。それに……」

少年はさらに顔を近づけてきた。化粧墨《けしょうずみ》に囲われた黒い目に好奇の光がともり、熱心に見つめられた。

「おまえ――」

「――女王がお越しでございます」

リイアが通ってきた部屋の入り口から侍女が現われ、少年は言葉を切った。

「なんだと？」

「お会いしたいとのことです。こちらでお待ちになりますか、王よ」

「王？　……シェネウフ王ですか？」

リイアは驚いて目を見張った。

女王の甥《おい》で、国土の共同統治者として名を連ねる王。——目の前の少年が？

見つめるうち、少年は苦しげに顔を歪《ゆが》めてリイアから手を離し、鋭い視線を侍女に向けた。

「言ったはずだ、あの女には会わぬ！」

吐き捨てて身をひるがえし、勢いよく突き当たりの扉を押す。

見るからに重い扉は大きくは開かなかったが、少年は細い隙間《すきま》からするりと入り込み、今度は内側から押しはじめた。

その扉の合間に覗くしかめられた顔が、視線を感じたのか、ふとリイアに向けられる。

「……おまえ、ヘンな色の目だ！」

「——っ」

唇をわななかせたリイアの鼻先で、鈍い音を立て扉は閉じられた。

一章

リイアは、巨大な城門を見上げた。

くり貫かれた四角い入り口の両脇に、濃い青空に届くほど巨大な神像が立っている。王宮の外を見つめて微笑《ほほえ》む、頭部に牝牛《めうし》の角を持つ女神フゥト・ホルだ。

左右に伸びる壁には、彩色豊かにほかの神々も描かれている。

その神々と並び、城門を建立《こんりゅう》した王の名も、黄金の輪に囲まれ誇らしげに刻まれていた。

永遠に讃《たた》えられる、王の名――。

「……」

リイアは複雑な思いで視線を外し、城門をくぐった。

獅子《しし》の像が迎える前庭を過ぎて建物に入れば、柱頭に蓮《はす》を刻んだ太い円柱が連なる列柱《れっちゅう》室《しつ》の様子に、懐かしさから思わずため息が漏れる。

足を踏み入れるのは三年ぶり、ふたたび戻れるとは思わなかった王宮である。

差し込む光と柱の影とでつくられた長い通路を歩くリイアは、肩で吊るす古い様式の白いドレスをまとっていた。胸の下で絞り、身体《からだ》の線に沿ってくるぶしまで落ちるものだ。腰には赤いビーズを連ねた飾り帯を垂らし、足元には植物を編んだサンダル。

風にふわりと揺れる黒髪には、護符《ごふ》の小さな玉を編み込んだ紐《ひも》を巻きつけていた。顔の両脇に垂らしたそれが、髪とともに肩の線で揺れる。

王宮を歩くには地味な装いだった。だが権力を誇った女王のお気に入りの娘という立場に甘えず、昔から質素な装いを心掛けていた。

——リイアが仕えた女王メデトネフェレトが亡くなり、ひと月が経《た》つ。

しかしその前から、女王は病んで王宮を離れていた。共同統治者であったシェネウフ王が国政を仕切って、すでに三年。女王の死による混乱はなかった。昼と夜の運行にも、国土に恩恵をもたらす大河の流れにも。——当然、王宮にも。

リイアはため息を落とした。

「……どうした」

肘《ひじ》をつかむ兄の手に、そっと力が加えられる。

「なにかあったのか？」

「いいえ、ラウセル兄さん」

目の見えない兄を安心させようと、その繊細な手を優しく叩《たた》く。

ラウセルは生きる術《すべ》として竪琴《たてごと》を習い、いまでは楽士として名を馳《は》せている。しかし女王の死とともに庇護《ひご》をなくし、兄のほうが不安なのかもしれない。たしかに優れた楽士だったが、彼への賞賛には、女王の威光も多少は影響していたはずだ。

瞼《まぶた》を閉じる兄の顔を見つめ、リイアは微笑んだ。

「だいじょうぶよ、兄さん。きっと、だいじょうぶ……」

「お早く」

案内役の侍従が、足を止めたふたりを振り返り、促した。

――王を待たせることは、許されない。

兄の手に自分の手を重ねながら、リイアは息を吸い、恐れる気持ちを飲んだ。


謁見室《えつけんしつ》には、人が溢《あふ》れていた。

両脇に立つ細長い円柱の合間を、パピルスの書簡を抱えた役人が急ぎ足で駆けていく。革の防具をつけた衛兵が鋭い視線を配り、地方から訪れている使節団などが固まって、あちこちで話し込んでいた。

そのざわめきを抜けて進めば、最奥に、一段、高くなった玉座がある。

差し込む日射しに照らされたそこに、ほっそりした背もたれの高い黄金の椅子に腰を下ろす、王の姿があった。

「お望みの者が参りました。楽士ラウセルとその妹でございます」

案内した侍従が平伏して告げ、兄とともにリイアもその後ろで跪く。

「——おまえたちは下がれ。楽士どもと話したい」

玉座から、命令に慣れた声が響いた。

周囲に控えていた役人や侍従が頭を垂れたまま退くと、謁見室のざわめきが遠くなり、玉座の周囲だけが緊張を孕《はら》んで静まった。

「顔を上げろ」

「……」

リイアは伏し目がちに、ゆっくりと命令に従った。

黄金のサンダル、青金石《ラピスラズリ》で飾った美しい長い帯に、二枚重ねた腰布《ヘカ》。四角く大きな胸飾りの上で交差させた両腕にはそれぞれ先端の曲がった牧杖と、房のついた聖扇《ネケク》を握り、太い白と黒の縞柄《しまがら》の頭巾《ネメス》をつけ、その額には黄金細工の蛇形記章《へびがたきしょう》がきらめく……。

若い王だった。

共同統治者として名を連ねていた女王が亡くなったいま、ただひとりの王となったシェネウフは十七歳。滑らかな褐色《かっしょく》の肌をし、鍛《きた》えた身体はたくましい。しかし少年期の細さがまだ残されているのが、危うい魅力になっている。

黒墨で縁取られた大きな目に、じっと、まばたきもせず見下ろされていた。

見惚れずにはいられない王族特有の美貌《びぼう》だが、そこに隠そうともしない剣呑《けんのん》さが現れていて、ひどく恐ろしい。——だが、目が離せない。

「盲目か」

シェネウフは、ラウセルにちらりと視線を向けた。

「楽士ラウセルでございます」

鍛えた声でラウセルが臆《おく》する気配もなく答えると、ぴく、と王の眉が動いた。

「余《よ》は、メデトネフェレトではない。許可もなく口を開くな」

「……！」

兄が黙って頭を下げたので、リイアも慌ててそれに倣《なら》う。

「顔を上げていろ！」

刹那《せつな》、鋭い声が飛ばされた。

ぎこちなく顔を上げると、シェネウフと視線が絡む。値踏みするように、黒々とした目が細められた。

「女のほうは十五か、六、か？　いくつだ」

「……」

「直答《じきとう》を許す」

「……十九でございます」

「なに？　では、夫は」

「おりません」

「――は」

シェネウフは、唇に嘲笑《ちょうしょう》を浮かべた。

「メデトネフェレトは結婚を許さなかったのか。それともおまえ、身体に不都合でもあるのか」

「……っ」

リイアは顔を伏せ、下唇を噛《か》んだ。

この国の女はほとんどが十六、七歳までに結婚し、リイアの歳《とし》にはすでに何人もの子供を持つ者もある。しかし、十六の歳から三年間、病んだ女王の世話をそば近くで務めたリイアは、その時期を逃していた。

「兄は盲目の楽士。妹はこの歳で未婚」

ふ、とシェネウフは鼻で笑う。

「メデトネフェレトを亡くしたのは、おまえらにはひどい痛手だろうな！」

「……」

殴打《おうだ》されたように傷つき、リイアは目を閉じた。

ああ、やはり――と、思った。王宮に呼び寄せたのは、このためなのだ……。

シェネウフは女王を憎んでいる。しかし女王は亡くなり、憎しみは行き場を失《な》くした。

――だからわたしたちを。

リイアとラウセルは、子供のなかった女王に慈《いつく》しまれた。

ふたりの母親は女王の乳姉妹で、側近として長く仕えた女官だった。母親が死ぬと、憐《あわ》れんだ女王はふたりを手元に置いた。「わたくしの息子と娘」と、戯《たわむ》れに口にすることもあるほど可愛《かわい》がって。

そうした女王の寵愛《ちょうあい》があれば自然と注目される。おそらくシェネウフのそば近くにある者が、ふたりのことを覚えていたのだろう。そして王に教えたのだ、女王にことのほか愛された兄妹がいると。

——命さえも奪われるかもしれない。王がそう命じさえすれば、あっさりと遂行されるだろう。女王が亡くなったいま、助けてくれる者はいない……。

「もう、よい。下がれ」

しかし、シェネウフはそう言った。

思わず見上げると、若い王は握っていた聖扇の房をひらりと揺らし、煩《わずら》わしげに腕を振った。

「部屋を与える。呼ばれるまで、そこにいるがいい」

「……」

作法通り頭を伏せ、背を向けることなく玉座の前から退きながら、おそらく冷たい眼差《まなざ》しで見下ろしているのだろう、王の心を推し量る。

前王の第二王妃は、出産の際に落命していた。第一王妃は子に恵まれなかったので、彼女の実妹でもある第二王妃の息子が世継ぎだった。

だが、前王が亡くなった後、即位した王はふたり——。

メデトネフェレト女王と、シェネウフ王である。

第一王妃はメデトネフェレトと名を変え、甥の共同統治者としてともに即位したのだ。

幼児だったシェネウフには実権もなく、女王が王宮を支配した。

王でありながら不自由な暮らしを強《し》いられたシェネウフは、伯母《おば》である女王を憎むことで耐えようとしたのかもしれない。いつか、いつかきっと……、と、そうつぶやいて。

しかし女王は病んで離宮へ移り、死者の楽園へと去ってしまった。

胸にくすぶり、ときに全身を焼く憎しみ——。持て余したそれをぶつける対象を、王は求めた……。

——だからわたしたちは、呼び戻された。

女王が愛《め》でたもの、遺《のこ》したもの。黄金に囲まれ永遠に讃えていくべき王の名。

それらを、この若い王はひとつ残らず壊すつもりなのだ。


通された部屋は、予想していたような悪いものではなかった。

むしろ、立派すぎる。木々が生い茂る庭園に面した、王都を訪れた地方の高官などが使う客間のひとつで、ふた間続きの部屋だ。

玄武岩《げんぶがん》で拵《こしら》えた小さな丸い卓と、揃《そろ》いの背もたれのない椅子。壁に沿って腰高の位置まで石を積んだ、多目的の棚もあった。腰掛けにもなるそこには、神々の像や、香炉《こうろ》が並べられている。

壁に囲まれた奥の部屋の寝台では、すでにラウセルが横になっていた。女王が起き上がれなくなってから、ほとんど不眠不休で竪琴を奏《かな》でて祈り続けた兄は、身体が本調子ではない。

リイアは椅子に腰を下ろし、薄い赤と黄色のタイルを敷いた床に伸びる自分の細い影を見つめた。

——……これから、どうなるのだろう。

ため息を落としたとき、目の端で光が瞬《またた》いた。

卓の上に、木製の握りに跳ねる魚を用いた瀟洒な手鏡が置かれていた。魚の口から飛び出す水をぐるりと円形にして嵌《は》めた鏡に、光が反射したのだ。

リイアはそれを何気なく手に取った。磨かれた鏡面から見返してきたのは、肩にかかる黒髪が縁取る、瘦《や》せて小さくなった女の顔だった。

大きな虹彩の色は薄い。日に透かした琥珀の玉のようで、そこに緑色が混じり、光の加減で占める色合いを変える。

そのめずらしい色をした目を囲む化粧の不備を指先で直し、リイアは鏡を置いた。

——シェネウフ王はなぜこの部屋に？　これからどうなるのだろう……？

考えがまためぐりだし、落ち着かず立ち上がる。

種蒔季の第三月であるいまは、昼間でもそれほど強い日射しではない。しかし薄布を揺らす風もなく、室内には熱がこもっていた。

リイアは息苦しさから逃れるように庭園に面した出入り口に立ち、壁に手をかけて外を見上げた。

赤い夕刻の光に照らされ、女らしい優美な曲線が淡い影となりドレスに透ける。

——あの子に、伝えてね……。

ふと耳奥に、女王の声がよみがえった。

病んだ女王は死の床でリイアの手を握り、そう頼んだ。その声も言葉も、刃《やいば》でつけられた傷痕《きずあと》のように心に刻まれている。

王宮に呼び戻されたときは、不安しかなかった。だがそこには、これで伝えられる、というかすかな望みもあったのだ。

女王の最期の言葉だ。どんなにつらくても、伝えなくてはならない。

だが謁見室での王の様子を思い出せば、それができるのかと、絶望的な気持ちになる。

それに、伝える価値があの王にあるのだろうか……。

「——おい」

「！」

考え込んでいたリイアは、驚いて顔を上げた。

開け放されていた正面の扉に、いつからいたのか、シェネウフが無造作に立っていた。牧杖と聖扇はさすがに手にしていなかったが、ネメスをつけ、きらめく黄金細工の装身具で飾られた姿は、威圧感に満ちている。

長身で、綺麗《きれい》に筋肉のついた肩幅も広い。日に焼けた肌の色が、引き締まった身体をより魅惑的に見せていた。——同時に、恐ろしくも……。

息を飲んだリイアはその場に膝《ひざ》を突き、両腕を差し出して頭を垂れた。

——幻？　床の模様を見つめながら、目をしばたたく。ここは、王が自ら足を運ぶようなところではない。しかも、ただひとりで。

「部屋はどうだ」

しかしその声は、たしかに謁見室で聞いたものと同じだった。

「……ありがたいご配慮に、感謝いたします」

「兄はどうした？」

シェネウフはずかずかと踏み入ってきた。王宮のみならず、国土すべてが王のものであるのだから、咎《とが》めることはできない。しかし思わず、リイアは腰を浮かせた。

「あ、あの、奥で休んでおりまして」

「寝ているのか」

シェネウフはリイアの前で足を止め、鋭い目で見下ろしてきた。険のある表情に押しつぶされるように、リイアはその足元に平伏する。

「もうしわけございません……」

シェネウフの履く黄金を配したサンダルに自然と目がとまる。王の使うサンダルには、壊れた弓を持つ夷狄《いてき》の姿がこまかく描かれていた。それを踏みつけることで支配を示す、伝統的な図柄だ。

「今夜、宴《うたげ》がある」

その場から動かず、シェネウフは言った。

「おまえたちも、出るがいい」

「宴に……」

「そうだ」

——この時期に？　リイアは眉をひそめた。

メデトネフェレトの遺骸《いがい》は、まだ聖なる儀式を終えていない。永遠に肉体をとどめるための処置は、七十日間を要する。完成した後に、しかるべき王族の墓へと移されるのだ。

「ですが、女王の儀式が——」

だん！　と鼻先で、足が踏み鳴らされ、言葉を遮られる。

ビクッと竦《すく》んだ反応を見て、シェネウフは満足したように鼻で笑った。

「女」

床を踏んだ片足が持ち上げられ、膝を折り曲げたリイアの揃えた腿《もも》の上に置かれる。

「……！」

「余に逆らうな」

踏みつけられても、重みと痛みは感じなかった。リイアなどすぐに踏みつぶせるだろうに、シェネウフはさほど力を込めずにいる。

だが恐怖のあまりぎこちなく、リイアは強張《こわば》った顔を伏せた。ふわりと揺れた髪の先がかすったのか、すぐ間近にある腰布に包まれた力強い脚が、ぴく、と反応する。

王はさっと足を戻し、爪先《つまさき》で床を叩いた。

「……宴には、兄も連れてこい。後で人を送る。よいな」

「承知いたしました、王よ」

「……」

癇性《かんしょう》に床を叩いていた動きを止め、王は身をひるがえして出ていった。

完全に足音が聞こえなくなってから、リイアはぎくしゃくとした鈍い動作で立ち上がる。

白いドレスの腿の部分が、足跡の形に汚れていた。痛くはない。だが喉《のど》の奥が詰まり、涙が滲む。

「――……っ」

リイアは口元を手で押さえた。声を上げては泣けない。兄が目覚めれば、心配をかけてしまう。

小刻みにふるえながら、覚悟した。

黄金のサンダルに刻まれた夷狄のごとく、わたしもまた踏まれるのだ、と。


庭園を見下ろす高台の広間で、宴は開かれていた。

幅広の階段には、一段ずつにかがり火が置かれ、まばゆくあたりを照らしている。

階段をのぼりきったところが、連なる細い円柱にはさまれた縦長の広間だった。そこに毛皮や羽毛を詰めたクッションを敷いて、五十名ほどの客が集っている。

蓮の花の形をしたガラス製の器の中で揺れる小さな炎が、着飾った貴族や高官、貴婦人たちに淡い影をつけていた。

彼らの前には、足つきの大皿に盛られた料理が並ぶ。肉や野菜、果物はイチジクを煮詰めたものや、蜂蜜《はちみつ》漬けにしたもの。ほかにもビールやワインなど、溢れんばかりに用意されていた。

宴につきものの楽士たちも、隅に揃っている。ハープ、リュート、竪琴、笛、タンバリン――楽士たちは選《よ》り抜《ぬ》きの奏者だった。

クッションを敷いた木製の座椅子に座るシェネウフは、ときおり笑い声の弾《はじ》ける客たちの会話に耳を傾けながら、黄金の杯《さかずき》でワインを飲んでいた。

左隣には宰相《さいしょう》のブーネフェルがいる。彼は伸ばした顎ひげをしごきながら、奥に座る客のひとりと談笑していた。

そのブーネフェルの娘のミアンが、シェネウフの右隣を占める。十六歳の彼女は、ふっくらと丸みを帯びた身体を真新しいドレスに包み、様々な色のビーズを使った幅広の襟飾りをつけていた。

細口の青いガラス壺《つぼ》を手にしてワインを注ぐミアンを、シェネウフは横目で見遣《みや》る。

「このワインをつくらせたのは、メデトネフェレトだったな」

杯を軽く掲げて言うと、ミアンは困惑したように頰《ほお》に手を添え、首を傾げた。

「五年前の、ガルガ・オアシス産と聞きましたが……、しかとは」

「それは女王が愛飲されたものですよ、王」

反対側から、ブーネフェルが口をはさんだ。困り顔をした娘に微笑み、シェネウフの持つ杯を示してさらに続ける。

「女王がとくに命じて、毎年、大量につくらせたのです」

「そうか」

広間がやや静かになっている。耳を澄ます彼らに聞こえるように、シェネウフは笑った。

「美味《うま》いな」

その一言で、緊張感が広間から薄れた。

女王に、という声があちこちから上がり、ワインを傾け合う客たちを見やって、シェネウフは唇を歪める。

甥を軟禁していた伯母。

そして病んだ伯母を追い払い、実権を手にした甥のシェネウフ。

共同統治者として名を連ねていたふたりの王の軋轢《あつれき》は、いまも続いている。軟禁時代の鬱《うっ》屈《くつ》を晴らすように、若い王は、女王時代のものを徹底的に排除しようとしていたからだ。

メデトネフェレトが推し進めていた内政を充実させる政策を転換したことも、その一環だ。

南北に細長く、一本の大河でつながるこの国土の南端は、女王時代に失われていた。それを取り戻すのが、自分の名を高めるいい機会になるとシェネウフは考えている。

軍を筆頭に、神殿側の後押しもあった。成功すれば、軟禁されていた王という弱々しい印象も払拭《ふっしょく》されるだろう。

「王よ、お聞きしても？」

飲み干した杯にワインを注《つ》ぎながら、ミアンが問うた。

「女王の愛した楽士とやらは、来ないのですか？」

「知っているのか」

「昼の一件を、耳にいたしました。優れた楽士だと聞いております。それに、盲目でも美しい若者だと。音色も、歌声も、そうであればよいのですが」

「知りたいのか、ミアン？」

「もちろんですわ、王。女王の時代の遺物を、とくと見物しませんと」

シェネウフは唇に笑みを刻んで、ワインの香りを嗅《か》いだ。

物をつくり出す職人たちを大切にし、交易を奨励した女王。最高級のワインをはじめ、彼女の遺したものはすべて美しい。

あの楽士もそうか？

――あの女も？

脳裏に、夕刻の光を受けて佇んでいた姿が浮かぶ。淡い影になって透けていた、細く優美な肢体に知らず見惚れていたことを、シェネウフは苦々しく思い出す。

女王が遺したものは、すべて美しい。

だがそれこそがシェネウフを苛立《いらだ》たせ、やりきれない気持ちにさせるのだ。

「例の者たちを呼べ」

振り返りもせず、背後に控えた侍従に命じた。

は、と応《こた》える声とともに、侍従が素早く席を立つ気配がした。

好奇の視線が注がれる中、リイアとその兄ラウセルは、王の前で平伏した。

「顔を上げろ」

王の声に、ふたりは揃って頭を上げた。

シェネウフの隣に座った、顎ひげを伸ばした男の顔に気づき、リイアはハッとする。

女王が病んでから、一度も姿を見せることはなかった。いまではシェネウフを支える宰相の地位にある男……。

「楽士ラウセルと、その妹ですな」

そのブーネフェルが言うと、宴に集った客からかすかなざわめきが起きた。

女王が寵愛した兄妹を見知っていた者も、当然いるのだろう。

ふたりは女王の寵愛をかさに驕《おご》ることはなかった。しかし、シェネウフが主催する宴に出てくる者ならば、ほとんどが女王と対立していた一派であったのか。席のあちこちから上がったざわめきに親しみはなく、嘲弄《ちょうろう》めいたものも混じっていた。

「楽士の腕のほどが知りたい」

シェネウフが言った。

「女王が愛でた音色を、みなも望んでいる」

リイアは顔を伏せたまま、横目で兄を見た。

女のように肩に降りかかるほど長い髪をしたラウセルは、目を閉じたままの顔をゆっくりと上げ、「では」と言った。

「わたしの竪琴を、用意していただけますか」

シェネウフはちらりと背後を見て、頷いた。女王がラウセルに与えた竪琴は、宴の前に、王の侍従のひとりに預けてあった。

竪琴を両手で抱えた侍従が、ふたりの前に進み出た。代わりに受け取ろうとリイアが中腰になって手を差し出したそのとき、侍従の顔が奇妙に歪んだ。

彼はそのまま手を離した。

「……ッ！」

石床の上に落ち、木の弾ける甲高い音を響かせて華奢な竪琴の枠が折れ、切れた弦がもがくように宙を掻《か》く。
二、三度跳ねて転がった残骸を見つめて、リイアは息を飲んだ。
——ひどい……！

落としたくらいで壊れるはずがない。すでに傷つけられていたのだ。

音ですべてを承知したのだろう、ラウセルは細い眉を寄せ、唇を噛み締めていた。女王自らが描いた模様を、職人が写し取ってつくった竪琴だった。なにより大切にしていた、兄の宝だったのだ。

「もうしわけございません、王よ」

落とした侍従が声を張り上げる。

「緊張のあまり、手がふるえました」

「そうか」

シェネウフは仕方ない、と言うように頷く。

「しかしよい楽士は、楽器を選ぶまい。女、兄の代わりに、そこにいる楽士からひとつ借りてきてはどうだ」

——はじめからそのつもりだったくせに。

リイアはまっすぐ目を向けた。王に対して不敬な仕草だったが、咎めるどころかシェネウフは、拗《す》ねた子供のように不自然に視線を外しただけだった。

「……」

ふと、悲しさと憐れさに胸を突かれた。こんな児戯《じぎ》めいた嫌がらせをするなど……。

リイアは目を逸《そ》らし、腕に触れながら兄を見上げた。

「帰りましょう、兄さん。ここにいても仕方ないわ」

「いや」

ラウセルは、やつれて頬骨が浮き出た顔にうっすらと笑みを浮かべる。

「頼む、楽器を借りてきてくれ」

リイアは不安になったが、静かに立ち上がって、楽士たちが固まる隅へと向かった。

「無礼は承知ですが、楽器を、できれば竪琴をお貸しいただきたいのですが……」

返事はなかった。楽士たちは目を逸らし、くすくすと、互いに顔を見合わせて笑うばかりだ。

気づけばほかの招待客たちも、リイアを、そして中央でひとり平伏しているラウセルを指差し、何事かささやき合っている。

けして好意的ではないざわめきと薄笑いに、広間はゆらめいていた。

リイアは背筋を伸ばし、座り込んでいる楽士たちに完璧《かんぺき》な仕草で頭を下げてから、背を向けた。

ラウセルの肩に手を置いて、耳元でそっとささやく。

「……わたしたちは見世物にされているだけなのよ、お願いだから、帰りましょう?」

ラウセルの手が重ねられた。兄の手は細いが、指が長く美しい形をしている。そして、恐れていないことを示すように温かかった。

「リイア、手拍子をしてくれ。昔していたように、歌に合わせて」

「合わせる?」

「なにより美しいのはおまえたちの声だと、女王はおっしゃってくれた。――そうだろう？」

女王の前で幾度となく、兄と声を揃えて歌った過去がよみがえる。幸せだったあの頃を思えば、どれほどの恥辱にも耐えられるはずだ。

「いいわ、兄さん」

リイアは兄の身体にぴたりと寄り添い、膝を突いて背筋を伸ばした。

宴の場のざわついた空気を意識から締め出して両手を合わせ、一定のリズムでその手を叩きはじめる。

妹の手拍子に合わせて、ラウセルが自分の胸飾りを揺らした。垂らした金属の細い板が触れ合い、しゃらら、しゃらら、と小さくささやくような音が鳴る。

やがてラウセルがすうっと息を吸い、最初の一節を歌いだした。

大河よ
大河よ　愛する土地を生かす　命のもと

国土を南北に貫き流れる大河の讃歌だった。

年に一度増水し、土地を潤す大河を讃える歌は数多い。だがめずらしくもないその歌を耳にした途端、聴衆が静まった。

その中に美しく響く兄の低い声に合わせ、高い声で歌いはじめる。

しばらく歌っていなかったが、兄の朗々とした声に導かれ、自然と声が出た。ときに兄の節より長く、大河の流れそのものを思い起こさせるように、ふるえて余韻を残す。

冷たい夜気に溶けるように、広間には兄妹の歌声だけが響いた。

大河よ　汝《なんじ》の青き流れ　命のもと
大河よ　永遠に——……

しゃらら、と最後に金属の音を立てて、ラウセルが締め括《くく》る。

長い息を吐いて、リイアは目を閉じた。歌った後の高揚感に包まれながら、そっと兄の手を握る。

広間は静まり返ったままだった。そこに困惑しているような、奇妙な空気が流れている。

目を開け、リイアは上座に視線を向けた。

若い王は、じっと、ふたりに目を当てたまま微動だにしない。むき出しの刃を含んだような目線の強さに、リイアは恐怖を覚えた。

しかしシェネウフはふたりを鋭く見据えたまま、手にしていた黄金の杯を投げ捨てるように置いて、空いた両手を合わせた。パンッ、と鋭く打ち鳴らされた拍手の音が、宴の場の空気を変える。

「見事だ」

客たちは王の言葉が終わるや否《いな》や、ワッと喝采《かっさい》した。神々が耳を傾ける最良のものは音楽であり、優れたものは、たとえ罪人が奏でたものであったとしても惜しみなく賞賛される。

戸惑いながらも、リイアの口元には微笑が浮かんだ。

「兄さん」

そっとラウセルの薄くなった身体に手を回すと、優しい力で抱き返される。その胸に頭を預けて傾げた首筋に、冷たいものが突き刺さるような感触があった。ギクリとして、リイアは顔を上げる。

シェネウフが見つめていた。

王族に顕著な美貌から表情を消し、賞賛を口にする前と変わらぬ、険しい目つきをしている。その凄烈《せいれつ》さに、肌が粟立《あわだ》った。

――歌わなければよかったのだ。頭を下げたまま、立ち去ればよかったのだ……。

まばたきもせず見つめてくる王の目が、地下の世界に棲《す》むという怪物《アメミト》のように、冷たく恐ろしく感じられる。

しかし、ふるえながらもリイアは、目を逸らさなかった。兄だけは守らなくてはならない。ラウセルを隠すように背筋を伸ばして前に出て、シェネウフと正面から向き合う。

肉を引き裂き、骨をしゃぶり、心臓を喰《く》らうという怪物……。

目の前の王がそれであったのだとしても——それはなんと美しい怪物であることか、と思いながら。


呼び出されることも訪れもなく、数日が過ぎた。

その間、不安を抱えながら与えられた部屋にこもっていたのだが、ラウセルには変化があった。

数人の貴族たちの、小さな宴に招かれたのだ。

心配で眠れずに待っていたリイアのもとに戻ってきたとき、兄は貴族のひとりに譲り受けたという、従者を伴っていた。

メドューという名のその従者は、三十ほどの小柄な、ひじょうに無口な男だった。

彼はまた、貴族のひとりがラウセルに贈ったという竪琴を、大切に抱えていた。女王の贈り物だった竪琴には及ぶべくもないが、愛を司《つかさど》るフゥト・ホル女神の、牝牛の耳のついた美しい似姿《にすがた》が彫られた逸品だった。

そしてまたメドューを伴い、ラウセルが出かけた夜。

ひとりになったのを見計らったように、王の命令が伝えられた。

――部屋に来い、と。

侍従に先導され、リイアは王宮の奥へと連れていかれた。

宴から五日後。月の細い、暗い夜である。至るところにかがり火が焚《た》かれていたが、それはそこかしこに潜《ひそ》む夜の闇《やみ》を、より際立たせているようだった。

細い通路を抜けて、ウジャトの眼《め》と呼ばれる護符を中心に、びっしりと聖刻文字を刻んだ黄金の扉の前に立たされる。

「お呼びの者を、用意いたしました」

案内した侍従が、閉じた扉の向こうに告げても返事はなかった。

しかし戸惑うことなく扉を開け、入れ、というように顎をしゃくる侍従の前を通り過ぎ、リイアは足を踏み入れた。

香を焚いているのか、甘い匂《にお》いに包まれた広い部屋だった。

四隅に飾り用の細い円柱を立て、壁には彩色豊かに様々な絵が描かれている。

宝石を象嵌した黒い棚に並ぶ置物は、すべて黄金細工だ。様々な動物、枝の一本まで細密につくられた樹――めずらしいものばかり。燭台《しょくだい》に立てられた太い蠟燭《ろうそく》にともる火が、その置物類に反射して、部屋全体を輝かせている。

黒く塗られた天井には、白い星が描かれていた。

星空に見下ろされるその下に、天蓋《てんがい》付きの巨大な寝台が置かれている。

寝室に、夜、呼ばれる……。

その意味から目を背けたりするほど、子供ではない。自分に逆らう力も抗《あらが》う術がないのも承知している。

だが逆に、女王の言葉を伝えられるいい機会なのでは、と思っていた。

王のそばに行くことなどできないと、王宮に呼ばれる前は諦《あきら》めていたのだ。女王には、死後に辿《たど》り着く西の彼方《かなた》の国で再会したとき、許しを乞《こ》おうと。

——王とふたりきりになったら、伝えなくては……。

だが背後で扉が閉ざされ密室となると、泣きだしたくなった。

空気孔《あな》は空いているはずだが、わずかな音も届かず、部屋は静寂に満ちている。視線をめぐらすと、薄布の垂れた寝台の内に人影が映った。

「来たか」

「……っ」

聞こえた低い声を合図に、リイアは手のひらを上向けた両腕を差し出し、その場に膝を突いた。薄布の端に縫いつけられた金色の房飾りが鈴の音とともに揺れ、気配がゆっくりと近づいてくる。

「立て」

「……はい」

腕を下ろし、静かに立ち上がる。伏せたままの視線の先に、サンダルを脱いだシェネウフの足が映った。大きな足だった。膝丈のゆったりした腰布に巻いた飾り紐が、その上で揺れている。

「顔を上げろ」

こくりと唾《つば》を飲んで、命令に従う。

削《そ》いだように引き締まった腹部。鍛えられた胸板は厚く、そこに飾りはなかった。若者らしいつややかな肌の上に、灯《あか》りが淡い陰影をつけているだけだ。

太い二の腕に嵌めた金の輪のきらめきが炎の灯りにちらりと揺れて、気づいたとき、リイアの顎に手がかけられていた。

そのままグッと力強く持ち上げられる。

シェネウフは、王のための頭巾も王冠もつけていなかった。短く切った黒髪の下、秀でた額がすっきりと現われ、玉座から見下ろしていた。印象とは異なる、十七歳の少年がそこにいる。

黒々とした鋭い目が、リイアをじっと見つめる。

「わかるか？　ここに、おまえを呼んだわけが」

「……王よ、あの……」

リイアの、緑色の混じった淡褐色の瞳《ひとみ》が揺れる。

――女王の言葉を伝えて……そして？

だからどうしたと、この王ならば一蹴《いっしゅう》してしまうのではないか……。

「ふるえているな」

言葉に詰まるリイアを、女らしい不安にとらわれていると思ったのか、シェネウフはぼそりとつぶやいた。感情を感じさせない、平坦《へいたん》な声音だった。

顎をつかんでいた指で頬を、こめかみを、そして耳の下をすっと撫《な》でられる。

指先が硬い。そして、ひどく熱い。

この手に、これから。これから……？

――怖い。

喉の奥になにかが詰まったようで、声が出なかった。心の中から女王が消えていく。目の前に立つ王の長身から感じる力強さに、ただ圧倒される。

見下ろしていたシェネウフが、ふいにグッと歯を食いしばり、リイアの細い腕をつかんだ。

「あ……っ」

加減のわからない子供のように、容赦のない力だった。指が食い込んで、あまりの痛みに短く悲鳴を上げる。

しかしシェネウフは頓着《とんちゃく》せず、そのまま寝台に向かった。

描かれた星空が見下ろす寝台に背中から倒され、反転した視界に目が眩《くら》む。リイアは無意識に、宙を掻くように両腕を上げていた。

「邪魔だ」

その腕を、虫を払うように叩かれ、弾かれる。空いた空間に大きな影が差し、シェネウフが近づく。

王は恐ろしい顔をしていた。引き結んだ唇から嘲笑の色は消えていたが、見下ろしてくる黒い目に、あの地下の怪物を思わせるものが浮かんでいる。

美しい顔立ちなだけに、より恐ろしかった。冷ややかで、近寄りがたい……。

「……っ」

息を飲んだリイアに、大きく熱い身体が伸《の》しかかってきた。

同時に、布越しに乳房を探られ、広げられた指につかまれた。柔らかさを確認しているのか、こねるように動く。

愛撫《あいぶ》ではなく、一方的なものだった。だが生まれて初めての感覚に、リイアは硬直した。

ドクドクと鼓動が速まり、一気に手足が冷えていく。

そんなリイアを気遣うことなく、シェネウフは行為を続けた。

肩紐が外され、ドレスが腹部まで引き下げられる。むき出しにされた乳房はたっぷりとした豊かなものではなかったが、丸く、美しい形をしていた。それを直接、大きな手ですっぽりと包まれ、乱暴に揉《も》まれる。

「……ぅ」

意思とは関《かか》わりなく反応し、尖《とが》った頂《いただき》をいじられた。指の腹でつまれ、つぶされ、こすられる。

シェネウフの硬い指がもたらす刺激に、リイアは歯を食いしばって耐えた。

香の甘い匂いがする部屋は、静かなままだ。もし結婚できたら——と夢見ていた睦言《むつごと》も、互いを思いやる言葉もない。道具のように扱われている自分が、あまりに惨《みじ》めだった。

やがてシェネウフが身体を起こした。

「足を開け」

「——……」

端的な命令にふるえながら従うと、広げた足に絡むドレスの裾《すそ》がめくり上げられ、大きな身体が割り込んできた。

下半身を包む薄い腰布越しに、王が興奮しているのがわかった。

——欲望を感じている？　異性と抱き合ったこともないリイアだが、そのぐらいは知っている。女を愛《いと》しく思い欲しがると、男は自身を硬くすると。

だが、ただの欲求として女を抱こうとする者がいることも知っている。……いまの、王のように。

シェネウフが慣れた仕草で腰布を外した。

「……！」

リイアは慌てて目を逸らす。

屹立《きつりつ》した男の欲望を、直《じか》に見たことなどない。盲目の兄の身の回りの世話をするときに目にすることはあったが、あまりに形も大きさも異なっていた。

男女のつながり方も知っている。——だが、その生々しさを突きつけられ、恐怖を覚えた。

硬直するリイアの内股《うちまた》に、シェネウフの手が触れてきた。

位置を確かめるように、男の硬い指はぴたりと閉ざされた合わせ目を割り、秘められた、柔らかな内側をなぞっていく。

「——あ……っ！」

身体の奥を貫いた未知の感触に、リイアは慄《わなな》いた。悲鳴を上げそうになり、慌てて自分の手で口を塞《ふさ》ぐ。

「おまえ……？」

いじる手を止めず、シェネウフは眉をひそめて見下ろしてくる。

「女のここは、いつも湿っていると思っていたが……」

不思議そうにこぼされた言葉に、頬が熱くなった。

「——……っ」

こめかみがズキッと痛み、目の縁に涙が盛り上がる。唇を嚙み締めこらえると、小刻みに全身がふるえた。

シェネウフはじっとその様子を見つめていた。

「歳は十九と言ったな？」

「……はい」

「まさか、初めてなのか」

「……」

言葉を返せず、リイアは目を伏せた。その動きで涙が溢れ、こめかみを伝う。

一度こぼれると、涙は次から次と、とめどなく流れた。

「――ぅう……っ」

顔を背け、瞼を閉じる。しゃくり上げながら、羽毛を詰めた厚みのあるシーツに横顔を埋《うず》めた。

情けなかった。

情けなくて、恐ろしくて、恥ずかしかった。

――このまま消えてしまいたい。

静まり返った部屋に、すすり泣く声だけが響く。

どのくらいの時間が過ぎたのか――ふいに身じろぐ気配がして、リイアは反射的に身を竦ませ、目を開けた。

驚くほど間近にシェネウフの顔があった。焦点が合わず、表情が見えない。まばたくうちに王の顔が傾けられ、さらに近づく。

目の縁に唇が押し当てられた。柔らかく熱い舌がこめかみを舐《な》め、涙がすくい取られる。

「……っ！」

驚いて避けるように首をひねると、素早く離れた横顔が一瞬、見えた。怒っているのだろう、しかめられた顔が。

シェネウフは起き上がり、手早く腰布をつけ直した。

突然なくなった重みと熱さに戸惑いながら、リイアはドレスの裾を引き下げた。肩紐を直して身づくろいしても、咎められなかった。

いじられていた乳房に、秘所に、違和感がある。まだそこにシェネウフの手があるような奇妙な熱さを持て余し、ぎこちなく足をこすり合わせながら寝台から下りる。

シェネウフは背を向け、片手を腰に当ててなにかを考え込んでいた。

思わず目がとまる。

若い王は、筋肉の張った綺麗な背中をしていた。女にはない広く厚い肩。その骨の太い線に、見惚れてしまう。

美しい王であることは間違いなかった。王族はたいてい端整な容姿だが、若いというだけでなく、シェネウフには独特の雰囲気がある。月の光の下で輝く、銀色の刃のような。

「……女王は」

やがてぽつりと、シェネウフが言った。

「おまえを結婚させるつもりがなかったのか」

「いえ、あの……」

リイアは言葉を選んで、慎重に口を開く。

「おそばで仕えるためでしたので……」

「だから結婚もせず、恋人も持たずにいられるほど、すばらしかったのか！」

シェネウフが癇性に床を踏んで、こぶしを握った。そして振り向く。

「そうだろうとも。――わかっている！　あの女の遺したものは、すべてすばらしい。ワインも、装身具も神殿もなにもかもだ」

「――」

「だが、余が目指すものは違うのだ。余とは違う、わかっている。……わかっていても、民と同じく余も心惹《こころひ》かれる。女王が愛したもの、遺したものは、すべて美しい。あの楽士の歌も、おまえも――……」

「え」

驚きに、リイアは目を見張った。

――美しい……？

兄の歌を――わたしを？

シェネウフも、飛び出した自分の言葉に驚いたのかもしれない。ハッとしたように口をつぐみ、王としては気弱なことにリイアを窺《うかが》うように目を細め、瞳を揺らした。

慌ててリイアは目を伏せる。見つめていることができなかった。

「……あの」

「戻っていい」

ふいに、命令に慣れた冷たい声音で、シェネウフが言った。

「戻れ。おまえをここには、もう呼ばぬ」

ふたたび背を向けた若い王に、リイアは戸惑いながら畏《かしこ》まった礼をする。

閉ざされていた扉に近づくと、精緻《せいち》な彫り物のされたその扉は、音もなく開いていった。

寝室でさえ、王はけしてひとりにはならない。密閉されたようなこの部屋でも、すぐ隣には細い穴から目を凝らし、耳を澄ましている者がいるのだ。

リイアが部屋を出ると、通路の暗がりに待機していた侍従が、扉を閉めていく。

ぎ、ぎ、とかすかに軋《きし》む音を耳にしながら、なにかに突き動かされたように、リイアは振り返った。

「……！」

背を向けていたはずのシェネウフが、正面からリイアを見ていた。

怒っているような、険しい顔のまま。

絡んだ視線は容易に外せず、息を詰めてリイアは若い王を見つめる。

それは、わずかな時間だった。侍従は職務を素早く果たし、扉はきっちりと閉じられた。

リイアは、二人を隔てた扉を見上げ、ふ、と息を吐く。

部屋を追い出されたのは自分なのに、まるで王を閉じ込めてしまったような、奇妙な罪悪感があった。

同じ光景を知っている、と思ったとき、ひとりの少年の顔が浮かび上がった。

――ヘンな色の目だ！

顔を歪め、そう言い放った少年。耳に残るその声、言葉、黒い大きな目。こめかみのひと房だけに飾っていた、金細工のきらめきさえも鮮やかに――……。

「……」

リイアの胸が疼《うず》いた。思い出した少年の面影に、ようやく、いまの王が重なっていく。

閉ざされた館を出て、女王を追い払い名実ともに王となった少年。

――だが、いまも彼は扉の向こうでひとりきりでいる。

◈　◈　◈

「王に呼ばれたと聞いた」

翌日、昼過ぎに戻ってきたラウセルが、開口一番、問うてきた。

瞼を閉じた顔には、気遣いながらも複雑さを消せずに戸惑う色がある。

「平気よ、兄さん」

リイアは自分から兄の腕に触れ、安心させるように軽く叩く。

「なにもされていないわ」

「そうか……」

頷く兄の後ろに、メドューという名の従者が見えた。細い目でチラッとこちらを一瞥《いちべつ》し、まるで素早い獣のように動いて腕に抱えていた竪琴を棚に置き、部屋を出ていく。

それを見送り、リイアは眉をひそめた。

気味の悪い男だと思った。言葉という意味のあるメドューの名を持ちながら、まったく言葉を発しないことも。

「兄さん、あの従者、いつまでそばに置くの？」

「嫌かい？」

「……」

「無口だが、気の利く男だ。おまえのことを美しい人だと言っていたから、照れているのかもしれないよ。だが、おまえが嫌なら、近づかないように言っておく」

──美しい？　しかしその賞賛にも、リイアは心を動かされなかった。

「それより」

ラウセルは話を変え、手探りで椅子に腰を下ろした。

「……あの王に、女王のことを話したのか？　最期のお言葉を？」

「え」

──リイア、伝えてね……。

頭の中に響き渡る声に押されたように、一瞬、めまいがした。

女王が息を引き取るとき、そばにいたのはリイアただひとりだった。だが、託された最期の言葉のあまりの重さに、兄にだけは伝え、相談していた。

ラウセルは、この件に関してはっきりとした答えを示していない。まさか王宮に戻ることはないと、彼も思っていたのだろう。

だが、ふたりはいま王宮にいる。王の、近くに。

リイアは心を落ち着かせた。兄の傍《かたわ》らにそっと座り、その膝に手を置く。

「いいえ、……まだ、お伝えしていないわ」

「リイア」

ラウセルがその手をつかむ。

「言わなくてもいいと、わたしは思う」

「え？　そんな……」

「女王は病んで、お心も普通ではなかった。……そうだ、普通ではない。あのようなことを口にされるなど、おかしいだろう？」

「……」

「伝えなくても、女王はお許しくださる。わたしたちをお叱《しか》りになったことなど、一度だってなかったろう？　リイア、それでいいじゃないか。それより、王宮から出ることを考えよう。このままここにいたら、わたしたちは殺されるかもしれない」

「……」

脳裏に、昨夜の王の姿が浮かぶ。こめかみに優しく唇を押し当て、涙を舐め取ってくれた王。――扉の向こうに消えた、ひとりきりの姿……。

「リイア？」

呼ばれて、ハッと顔を上げる。

目が見えないだけにラウセルは敏感だった。心を読んだように、その表情が険しくなる。

「……まさか王に？」

「いいえ、兄さん！」

慌てて否定する。

「なにもされていないって言ったでしょう？　それに……、いいえ、そうね。早くここを出ないとね」

立ち上がり、兄が見えないと知りながらも顔を隠すため、背を向けてしまう。

一瞬、逡巡《しゅんじゅん》した自分が信じられなかった。女王への憎しみをぶつけてくる王のそばになど、いられるはずがないものを……。

「王が、王宮を出ている間が、いい機会になる」

ラウセルが気を取り直したように言った。

振り返り、リイアは首を傾げる。

「王宮を、出る？　王が？」

「ああ。昨夜、耳にした。近いうち王は地方に赴く。ひと月か、あるいはそれ以上。その留守の間に、ここを出よう。わたしたちの落ち着く先を用意してくださるよう、貴族の方々にお願いしたよ」

「貴族の方々に？　……でも、大丈夫かしら」

王に逆らう者は、たとえ身分が高くても容赦なく処罰される。それに女王が病んで離宮にいたとき、彼らは表立って助けてはくれなかったのに……。

「心配ないよ」

だがラウセルは声を潜《ひそ》め、小さく笑った。

「王の権力はまだ絶対じゃない。女王を慕う方々も、まだいらっしゃる。……むしろ女王が亡くなられたことで、正しい心を取り戻された方も多い。女王に愛され、大切にされたわたしたちに、同情してくださっているよ」

二章

「――王よ」

声をかけられ、不意を突かれたシェネウフはハッとした。

不機嫌を隠さず横目で見遣ると、宰相を務めるブーネフェルが少し離れて立っていた。白いものが混じる顎ひげが、川風にかすかに揺れている。

「なんだ」

「いえ、退屈ではないかと案じまして。ミアンを来させますか?」

「……いま、どのあたりだ」

「イティ市の近隣です」

「まだ抜けんのか」

「今日は風の具合がよくないようです」

「ならばもっと船を漕がせろ」

苛立ちを抑えず命じると、一礼してブーネフェルは下がった。

シェネウフはまた、前方へと目を戻す。

船の中央に一段高く拵えられた船室で、シェネウフは黄金の椅子に腰を下ろしていた。そこからは、日射しにきらめく青い水面が、まるで広げられた一枚布のようにゆるやかにうねって見える。

東西を広大な砂漠にはさまれ、南北に貫く大河に沿って細長い形をした国土では、どこへ行くにも船が重要な足となる。軟禁されていた館を出てから何度となく船に乗ったが、それでも見飽きることのない美しい景観は、常にシェネウフを慰めてきた。

しかし、焦燥の混じった苛立ちは収まらなかった。

地方でも重要な都市をめぐり、女王メデトネフェレトと比較する目を意識しながらも、まずまずの外交をこなしてきた。

――だが、二十日だ。早く戻りたい。

シェネウフは予定を切り上げ、帰途を急がせていた。

女王が病んで離宮に移ってから三年の間、シェネウフは力ずくで権力を維持してきた。軍は早くからシェネウフを支持した。外征を重要視しなかった女王よりも、若い王に期待したのだろう。太陽神殿を中心に、神殿も半数以上が従っている。地方も今回でだいぶ掌《しょう》握《あく》できたはずだ。

だが、それでも女王に従う一派は、つぶしてもつぶしても終わりがないように思えた。

いまもだ。いまもなお、女王に対するシェネウフの仕打ちを恨み、怒りを抱え、ひそかに蠢動《しゅんどう》しているはずだ。

──同じことをしてやっただけなのに。

シェネウフは腹立たしく思う。軟禁されていた自分と同じように離宮に閉じ込め、出入りを制限し、権力を取り上げた。──それの、なにが悪《わる》い？

いずれは、あちこちに刻まれた女王の名も削り取ってやるつもりだった。

神々とともに刻まれた名。

業績を後世にまで伝えるための名。

──すべてを削ってやる。

「飲み物をお持ちしました」

ひとりの娘が足元で一礼し、葡萄《ぶどう》の絞り汁が入った杯を掲げた。

ブーネフェルの娘、ミアンだった。

「日射しがきついですから、布を下ろしますか？」

シェネウフは黙ったまま、首を横に振る。

どこに民の姿があるかわからない。大河のほとりはよく肥えた耕作地だ。たとえただの農夫であっても、布に隠れた王ではなく、堂々と大河の上を行く姿を見せたかった。

「では、足でもお揉みいたしますか？　お疲れでしょう」

手を伸ばしたミアンの指先が、足首に触れる。そのままいつものように指の腹で優しく押される感触が、なぜか不快だった。

シェネウフは顔をしかめ、足の位置をずらしてミアンの手を避けた。

「触るな」

「……もうしわけございません」

ミアンは頭を下げたまま、退いた。

悄然《しょうぜん》とした様子にわずかに胸が痛んだが、すぐにだからどうした、という気になる。しませんん「王」という名に惹かれているだけだ。

五歳で即位したシェネウフには、そのとき同時に王妃が用意された。一歳の赤ん坊だった王妃は、育つことなく死んだ。

その後、正式に妻を持たず、王妃の座は空いたままである。

今回の訪問でも、有力者たちから婚姻《こんいん》を勧められた。都に戻っても、あちこちから煩わしい声が届くだろう。

しかし用意された者ではなく、必ず自分で選ぶと決めている。

シェネウフにとって、王妃という存在には特別な意味があった。ともに並び立つ女だからというだけではない。母と父のように愛し合う夫婦として、生涯寄り添って過ごすために。

第二王妃だった母の記憶はない。だが、自分を産んだ母は、父王とふたり、幸せだったはずだ。愛し合っていたはずなのだ。

――だから第一王妃だったメデトネフェレトがそれを妬《ねた》み、自分を軟禁した……。

女王を思い出した途端、腹の底を重しで埋められたような怒りが湧《わ》く。

享楽な生活を送った女王、美しいものばかりを遺した女王——その顔を無理に消すと、代わりに、ほっそりした女が現われた。

「……っ」

思いがけず浮かんだその姿にギクリとしたが、女の面影を払おうとはしなかった。

むしろ禁じられたものを盗み見る子供のように胸を昂《たか》ぶらせ、そっと目を閉じて詳細に輪郭を辿ってしまう。

——あの女は……。

肩までの黒髪も、目化粧も、ドレスもすべてふつうの娘と同じなのに、なにかが違って見えた。薄い中に緑色が混じる変わった目のせいか、十九というわりに肉の薄い身体つきのせいなのか。

子供のなかった女王が、実の子のように慈しんだ娘だ。

女王を慕っているであろうその娘をいたぶることで、ほんの少し、憂さ晴らしをするつもりだった。

寝室に呼んだのは、兄とともに宴で歌う姿を見て、欲を感じたせいだ。うっとりしたように微笑みながら歌う女は、高く澄んだ声と相まって美しかった。身体の下で揺らし、あの声で鳴かせてみたいと思った。——思うだけで、下腹部が硬くなった。

だが、腕の中でふるえ、泣いていたことを思い出すと、胸が変なふうに痛む。心臓をぎゅっと絞られるように、奇妙な痛みだった。

あのときも、なぜかひどく悪いことをしている気がしたのだ。しかし同時に、命令に逆らえず、半裸で足を開いた扇情的な姿に、強烈な欲も感じていた。

もっと泣かせてみたい、と。

もっともっと泣かせて、自分だけにすがりついてきたらいいのに……、と。

最後まで抱かなかったのは、胸の痛みが耐えがたいものになったからだ。

身を離すと、女はあきらかに安堵《あんど》していた。光の具合なのか、寝台ではほとんど緑色に見えていた目を、けして自分に向けることなく……。

あの女は、留守の間も王宮から出すなと厳命してある。

戻ったら。王宮に戻ったら——。

——戻ったら……？

「……！」

ハッとして、シェネウフは思考を止めた。

潤んだ目をした女の面影を、今度は無理に脳裏から引き剝《は》がす。

……あの女は女王に愛されていた。そして、女王をいまだ慕っている。きっと、自分のことを恨んで、憎んでいるだろう。

シェネウフは気持ちを切り替え、目を眇《すが》めて船の先を見た。

断ち切られたような白い岩肌の合間を、青くきらめく大河が続いている――。


王の不在が続き、王宮にはどこかゆるんだ空気が流れていた。

役人たちは常と変わらず働いているのだが、その姿に緊張感がない。連日、貴族たちの宴が催されているせいもあるのだろう。互いの屋敷を行き来し、富を競うように豪勢な宴会が開かれているという。

兄がそうした宴に頻々《ひんぴん》に足を運んでいるのを、リイアは不安と不審に苛《さいな》まれながらも、見送るしかなかった。

ラウセルはもともと社交的ではない。楽士として、自分の音色を神々に献じて恥ずかしくないよう努めていた、真面目な男だった。女王の死後は、神殿付きの楽士として身を立てるはずだった。いくつか打診されてもいたので、ラウセルとリイアは王都から離れた神殿に落ち着こうとしていた。

だが王命が下され、ふたりは王宮にいる……。

「兄さん、今日も招かれたの？」

夕刻の赤い光が差し込む部屋で、リイアは支度する兄を見つめた。

メドューをそばに置くようになってから、ラウセルの世話はほとんどこの無口な従者がするようになっている。

いまもまたラウセルの前に膝を突いて、慣れた手つきでサンダルを履かせているメドューを見て、リイアは眉をひそめる。

「南の倉庫の監督官であるオルテム様が、わたしの歌をお望みなのだ」

ラウセルは誇らしげに言い、顔を向けて微笑む。

「先に休んでいるといい」

「……ほんとうに、わたしが行かなくても大丈夫なの？」

ラウセルの外出は咎められなかったが、リイアは許されなかった。すぐ外に広がる庭園にもときおり衛兵が現われ、監視している。

「メドューがよくしてくれる。心配ないよ」

無口な従者が、リイアに向けて頭を下げた。

「兄さんをお願いね」

仕方なくリイアはそう声をかけるが、返事はない。

どこかに起居する場所があるのか、兄妹に与えられた部屋ではなく、メドューは日の出る直前に現われ、夜はラウセルが床についてから、ふらりと姿を消した。

訊《たず》ねてもきちんとした答えはなく、次第にリイアも慣れてしまった。だが細い目に宿る光や、不自然なまでに無口な態度には、どうしても馴染《なじ》めない。貴族に与えられた従者だというが、兄がなぜ好んでそばに置くのか理解できなかった。

「行ってくる、リイア」

ラウセルが手探りで伸ばした指先が、肩に触れる。

頬を擦《す》り合わせ軽く抱き合うと、痩せていた兄の身体が、すこしずつしっかりしてきたことに気づいた。

宴に招かれるのも、悪いことではないかもしれない。リイアは無理にそう思った。きっと兄は、そこでたくさん食べることを許されているのだろう。

部屋でふたりきり、運ばれてくるだけの冷めた料理を前にしても、それほど食は進まない。存分に歌い、竪琴を弾《ひ》けば、気分も高揚する。料理も比べものにならない豪勢なものだろうし、きっと兄のためにはいいことなのだ……。

「神々が耳を傾け、お喜びくださいますように」

いつものように祈りを述べ、頭を下げて送り出す。

メドューに手を引かれた兄の姿が消えると、急に寂しさが募った。

目をやれば、庭園に面してくり貫《ぬ》かれた窓の向こうに広がる空には、夜の色が混じりはじめていた。誘われるように、リイアは足を庭園へと向けた。遠くに行かなければ咎められることはなかった。

赤、金、朱、そして紫――空を複雑な色に染める神々の美しい手業《てわざ》は、この時間にしか見ることができない。

太陽神が昼の船を下り、地下の世界へと旅立つ時間だ。地下の世界で怪物を倒し、ふたたび地上へと戻る間、地上には恐ろしい夜が訪れる。万が一、太陽神が怪物の前に倒れれば、二度と空は明るくならない。

――でも……。

リイアの目が、東の空に低く浮かぶ白い月をとらえた。――夜には、夜の美しさもある。

「さまよい歩く者」とも呼ばれる月神は、端整な若者の姿をした神だった。日ごとに形を変え、ときには太陽神と同じ昼にまで空を歩くその気まぐれさは、恐れられながらも愛されている。

――まるで、あの若い王のよう……。

リイアは思わず小さく笑いをこぼした。

美しくて、冷たくて、傲慢《ごうまん》で。

たったひとりで空を歩くあの神のように、どこか孤独な王。

寝室の扉の向こうに消えた姿が、脳裏に浮かんだ。そのまま大きくたくましい身体が急速に縮み、七、八歳ほどの少年に変わる……。

大きな黒い目に怒りを宿した少年だった。きつくしかめられた表情には、まるで時を飛び越えて、魂だけ年老いたように大人びた色があった。

それでも、こめかみで束ねた髪に黄金の飾りをつけた横顔を思い出せば、彼はただ寂しかったのだと、いまならわかる。それを癒す術もないまま、成長したのだ。

手ひどい扱いをされても、リイアがシェネウフを心底恨む気持ちになれないのは、小さかった少年の面影が目の前にちらつくせいもあった。

――メデトネフェレト様。

リイアは見つめる月の上に、仕えた女王の面影を映す。

美しい顔は、たしかにシェネウフと似ていた。伯母と甥という以上に、近親婚を重ねた王族は濃く血が絡んでいる。だからこそ、互いへの感情も強いのかもしれない。愛であれ、憎しみであれ。忘れることも、無関心を装うこともできないほど……。

「――んですって」

物思いを突き破り、数人の話し声が、庭園の先から切れ切れに聞こえた。

視線を向けると、庭園を数人の細い人影が通り過ぎていくのが見えた。話し声や物腰から、侍女たちだとわかった。

「――お戻りに……」

「いま、港に入ったと――」

「……お迎えが、……王が」

若い娘たちの声は高く響く。「王が」という一語を耳が拾ったとき、心臓が跳ねた。予定よりもずっと早い。

王が戻る前に、と言っていた兄の計画も、結局うやむやのままだ。ふたりを手助けしてくれる貴族がいるという話だったが、ラウセルはそれについて詳しく口にしていない。

——王が、戻られた……。

笑い声を残して侍女たちが去ったほうを見やり、リイアは胸元に手を当てた。鼓動が速い。

侍女たちが王の帰還を喜ぶのは当然だ。シェネウフは若く、美しい王だ。しかも適当な年齢の王族の娘がいないため、王妃の座も空いたままなのだ。王がそうと望めば、侍女であろうと王妃に迎えられるかもしれない。

だが、女王の代わりに憎まれる自分と兄はどのような扱いをされるのか……。

リイアはふたたび月を見上げた。

太った姿に形を変えている月は、沈みゆく太陽神を嘆くように、あるいは励ますように輝きはじめていた。

◈　◈　◈

黄金を扱う工房は、王宮内で厳重に管理されている。

シェネウフは熱気がこもる工房の天井を軽く見上げた。絶え間なく、カン、カンと甲高い音が響いている。職人たちは王が入室しても、気づいていないようだった。

だが、それでいいとシェネウフは思う。驚嘆すべきものをつくり出す職人たちの邪魔をしたくない。

シェネウフのもとに、痩せた中年の男が駆け寄ってきた。工房の監督官だ。一日のほとんどを屋内で働くので、肌の色が白い。

「いかがでしょう、王よ」

差し出された装身具を受け取り、目の高さに持ち上げて凝視する。腕に巻きつけられるよう適度な大きさに渦巻いた、黄金の細い蛇だった。表面の鱗《うろこ》のひとつひとつまで表現され、小さな両眼に紅玉髄《カーネリアン》を嵌め込んでいる。

「うむ、いいな。……ん？」

装身具の蛇のすぼまった口先から舌が出ていた。これにも紅玉髄が使われ、うまく表現されている。

思わず口元がゆるんだ。

「おもしろいな」

「細工した者が、いたずら心を出したようで……」

監督官が苦笑する。

「お許しをいただき、新しく招いた職人です」

「そうか。だが、技は見事だ。好きにつくらせてやれ」

「ありがたいお言葉でございます。いまも、すばらしいものを披露したいと励んでおります。出来上がり次第、ご報告いたしましょう」

「ああ、楽しみにしている」

「こちらはどうなさいますか？」

手にある装身具を示され、赤い舌先を出す蛇の頭部を見つめる。

細い腕輪だ。王の腕にはふさわしくないだろう。女が喜ぶような飾りだ――と思った途端、白く滑らかな肌をした腕が目の前にふわりと思い浮かぶ。

――きっと似合う。小さな蛇の赤い目も舌も、よく映《は》えるだろう……。

「いま、お持ちになりますか？」

「……いらん！」

シェネウフはハッとして頭からその姿を追い出し、罪のない監督官を睨《にら》む。

「戻しておけ！」

慌てて頭を下げる監督官に蛇の装身具を押しつけて工房を出ると、巨大な扉が背後で閉じられた。その扉の陰から衛兵たちが現れ、つき従う。

シェネウフは彼らを一瞥し、足を速めた。

ギュッと縛られでもしたように、なにか全身がぎこちなく、不快だった。

都に戻り、王宮に入ったのは昨日のことだ。それからずっと——いや、王宮に入る前から、そんな状態が続いている。

焦燥感に似た、どこか満たされない気持ちが胸奥に張りついているのだ。

だから気を紛らわそうと、楽しみにしていた工房に足を向けたというのに……。

「……くそっ」

あの蛇の装身具をつけた細腕を思い描いた途端、腹の底でカッと火がともった。それがいまも、くすぶっている。

——からかうようにヒラリとひるがえる蛇の赤い舌。紅玉髄のきらめきとともにあの肌に這《は》うのを想像すると——……。

シェネウフは足を止め、背後の衛兵たちを振り返った。

「ナクト将軍を呼べ！」

昼前の時間だった。すでにじりじりと焼けるような日射しが降り注いでいるが、まだ風もあり、しのぎやすい頃だ。

王宮に勤める女たちには一番、忙しい時間かもしれない。午後になって身動きするのもつらいほどに暑くなれば仕事の効率は下がる。

いまのうちに——と慌ただしく動いている姿を見るのが切なかった。

かつては、リイアも忙しくしていた。女王が王宮にいた頃には女官という地位を授けられていたからだ。侍女や、あるいはその彼女らを管理する「侍女の監督官」とはまた違う、主人に密接した仕事だった。

けれどいまは、部屋にある椅子に腰掛けながら、ぼんやりとしているだけだ。

ついさきほどまで竪琴の調律をしていたラウセルは、気に入らない響きがあると言って、出ていってしまった。どこに行くのか告げなかったが、おそらく竪琴を贈った貴族のもとだろう。

兄が不在なのは寂しかったが、彼に仕える従者のメドューもいないので、それには満足している。あの男は近頃、じいっと見つめてくることがあった。大河のほとりの水場に潜む危険な生き物のように、背筋に冷たいものを走らせる目つきで……。

軽く息を吐いて、メドューの顔を頭から追い出す。

そのとき、パタパタと軽い音を重ね、数人の女たちが部屋の前を足早に過ぎていった。

「早く！　終わってしまうわ！」

「待ってよ……！」

浮き立つ声だけが部屋に入り込む。

なにか楽しいことがあるのだろうか——ふいに人恋しくなり、リイアはそっと立ち上がる。

部屋から出ることを止められてはいない。建物そのものも。だが前に、王宮を囲む壁、とくに城門近くにまで赴いたときは、追ってきた衛兵に厳しい態度で誡《いまし》められた。

——すぐそこまでなら……。

リイアは通路に出て、前を行く数人の侍女の後を追った。

客間は中庭をはさんで王宮の建物とつながっている。白く輝く出入り口の向こうから、歓声のような、賑《にぎ》やかな声がとぎれとぎれに聞こえた。

なんだろう、と首を傾げながら明るい日射しの下に出て、目を眇めながら見回した。ヤシの木で囲まれ、合間に人面獅子の石像が並ぶ中庭は、幅広の白い歩道が美しくきらめいている。

そんな中庭の一画に人だかりができていた。笑い声が上がり、歓声が湧いている。

兵士、役人、侍女たち……。リイアは目を丸くした。そこには剃髪《ていはつ》した頭部を輝かせる神官も混じっている。さらにあちこちの建物から人が集まり、どんどん増えていく。

リイアが出てきた通路からも、丸めたパピルスを抱えたまま男がひとり現われ、追い抜いていった。

思わず後を追い、前方を示して尋ねる。

「あの、あちらでなにが?」

「王だよ、シェネウフ王が剣の稽古《けいこ》をされている」

「……え」

足を止めるリイアを一瞬、怪訝《けげん》そうに振り返り、男は走り去ってしまった。

——王が、そこに?

剣や弓などを扱ってみせることで、強さを示すのも王の役割だった。たしかにシェネウフは軍人のようなたくましい身体と日焼けした肌をしている。軟禁されていたときから鍛えていたのかもしれない。

黄金を配した剣を振るう姿は、さぞ美しいだろう。

あの肩、あの腕——ふと生々しく思い出して、日射しのせいではない熱が頬に溜《た》まる。浮かされるように、リイアは人だかりに近づいた。

後方から首を伸ばしたり傾げたりして、大勢に囲まれた中心をどうにかとらえる。

ふたりの男が打ち合いをしていた。

ひとりは黒い肌の男だった。その男に向き合うもうひとりの姿を目にした途端、鼓動が速くなる。

王冠や派手なネメスではなく、ただの兵士のような白い日除《ひよ》けの頭巾をつけたシェネウフが、実用的な剣を握り、構えていた。むき出しの胸に汗を光らせ、筋肉が形よく浮き出た腹部で荒く息を継いでいる。

やがて剣を振りかざし、とびかかるようにして前進した。

軽々と操る剣に、光が反射する。ぶつかり合う金属の硬い音が響き、カンッカンッと続くと、そのたび歓声が湧いた。

黒い肌の男が打ち込んでくる剣を払うと、シェネウフは軽く頭を伏せ敏捷《びんしょう》に詰め寄った。そのまま剣と剣を合わせ、力任せに押す。上腕部が盛り上がり、グッと引いた顎からきらりと光って汗がしたたり落ちる。

なにをきっかけにしてか、パッと弾かれるように互いに剣を放して離れたふたりは、ふたたび剣を構えて動きを止めた。

けれどふいに緊迫感が失《う》せ、笑い声が上がる。低い声でなにか言い合い、また笑う。

シェネウフの楽しげな様子につられ、観衆の応援にも冷やかすような声が混じる。

「王よ、お疲れですか？」

「やはり将軍はお強いですから……」

「――黙れ！」

シェネウフは笑いながら大声で言い返し、さらに大きく上がった笑い声に押されるように、打ち合いをはじめた。

「……っ」

魅入《みい》られたように見つめていたリイアは、ふいに胸苦しさを覚えた。

わたしだけなのだ、と思った。王が戻ればすぐに……、など恐れていたのは。

シェネウフの楽しげな笑い声が聞こえるたび、大きな手で胸元をドンドンと叩かれているような痛みが走る。

——王は、わたしのことなど気にかけていない。

それが当然のことであるのに、傷ついている自分にうろたえながら、リイアは日射しの下から逃げ出していた。

◈ ◈ ◈

色とりどりのタイルで囲われた人工池には、蓮がいくつか咲いている。魚の影はない。放し飼いにされている鳥たちも、この付近にはいなかった。

池のほとりにしゃがみ、手を伸ばして冷たい水に触れる。揺れる水面に映り歪んだ自分の顔を見下ろして、リイアはまた物思いに耽《ふけ》った。

王が戻って、七日が過ぎる。

その間、呼ばれることも、王が自ら訪れることもなかった。数日前には、リイアたちに与えられた部屋の、あんなに近くで剣の稽古をすることもあったのに。

取るに足らない者たちだと、忘れてしまったのか。――それでいいはずなのに、なぜこんなにも気になるのだろう？

水に浸《ひた》していた手を引き、立ち上がった途端、目が眩んだ。

「……っ」

冷たい汗が首筋を伝い落ちる。どくどくと速まる心臓を押さえ、リイアはじっと立ち尽くした。昼前とはいえ強い日射しの下、日除けも被《かぶ》らずにうつむいていたせいだ。注意していれば避けられることだが、油断するといつもこうなる。

それでもこれ以上、悪くなることはなく、やがて呼吸が楽になった。

ほっとしてリイアは池のそばを離れ、引き返した。

飲み物はまだ残っていたかしらと考えていたとき、目の端を影が過ぎった。

――衛兵？

土を踏む音を追って、ヤシの木が並ぶあたりに視線を送ったときには、視界から影は素早く消えていた。

見張られている不快さを苦く飲み込みながら、ゆっくりと歩きだす。

部屋に戻ると、ひと気のない静けさに心が重く沈んだ。兄はまだ戻っていない。通路を行き来する人影は多いが、リイアのために足を止め、話していってくれる者はいない。

王も、来ない。

リイアはふらりと倒れ込むように、壁につくりつけられた低い棚に腰掛けた。

——もう何日、人と話していないのだろう?

ラウセルは二日前に出たきりだ。使いの者が、オルテムという貴族の屋敷に宿泊させている、と伝えに来たが、いつ戻るとは聞いていない。

卓の上に置かれた瀟洒なガラス製の器には、果物などが盛られている。そうした食べ物は切らすことなく運ばれてきていた。だが用意をしてくれる者たちでさえ口を利かず、視線を合わせることもしない。

ひんやりとする石壁にもたれ、リイアは目を閉じた。

飼い殺しにすることが、王の望みなのだろうか。このままだれと話すこともなく、必要ともされず忘れられていくのだろうか……。

そのとき、部屋に入り込む風の動きが変わった。人の気配を感じ、ハッとして目を開け、腰を浮かす。

「楽士の妹か?」

日に焼けた屈強そうな身体をした若い男が、庭園から部屋に入ってくるところだった。その後ろに、さらにふたり続いてくる。

王宮に大勢いる官吏《かんり》や侍従などではない。格好は少し違うが、衛兵だろうか?

「楽士の妹だな?」

先に入ってきた男が、リイアの前に立ち、焦《じ》れたようにもう一度、問うた。頭に巻いた布が砂で汚れ、全身、汗で光っている。

苛立ちをあらわにした顔を見上げながら、リイアは頷いた。

「……兄に、なにか？」

「俺たちはあんたを迎えに来た。ここから逃げる手助けをせよと、命じられている。一緒に来てもらう」

言いながら男は手を伸ばし、リイアの二の腕をつかんで引き立たせた。

「あの……！」

足を止めようと抵抗したが、逆に男の力が増し、痛みが走る。

どういうことなのかと問う言葉が、突然のことに怯《おび》えた喉から出てこない。心臓が不規則に跳ねて、呼吸が浅くなる。

逃げる手助け、と男は言った。

――王が留守の間、ここを出よう。

ラウセルはたしかにそう言っていた。では、亡き女王を慕っていた貴族たちに嘆願し、兄が手配したのだろうか。

だが、それは叶《かな》わなかったはずだ。王は、すでに戻っている。

「……あ、あなたたちは……、兄に頼まれたのですか？」

必死で声を絞り出すと、部屋を塞ぐ薄布を払って庭園に下りた男は、ちらりと肩越しに振り返った。日に焼けた顔の中で、それだけ光るような鋭い目つきだった。

「黙っていろ」

リイアを引きずるようにして庭園に出た男は、先行していた男たちと目顔で確認しながら、移動をはじめた。

男たちはひどく緊張していた。素早く駆けてはサッと足を止め、周囲を確認しつつまた駆けだす。そのたび荷物のように揺すられ、意識がぼんやりとしてきた。息が上がり、苦しい。耳鳴りがする……。

「——貴様ら！」

だからその声が聞こえたとき、幻ではないかと一瞬、思った。こんなところに来るはずがない——だがたしかに、見開いた目に映ったのはシェネウフだった。

若い王は、男たちの前方から飛び出してきた。兵士のような白い布を被り、金の輪で留めている。玉髄《カルセドニー》を連ねた美しい胸飾りが日を弾いて輝き、膝までの腰布と、鮮やかな青色の前帯がひらりと揺れる。

「その女をどこに連れていく！」

「……」

なぜ王が？　——痺《しび》れたような頭の中で思う間に、シェネウフは恐れ気もなく近づいて、男たちの行く先を塞いだ。

足を止めた男たちが怯《ひる》んだのがリイアにもわかった。

風に揺らぐ薄布のように、恐怖が彼らの全身から放たれている。

王は神と同列に立つ存在だ。その怒りは、神の怒りだ。死後も厳しく罰せられる……。

彼らの恐れが理解できた。シェネウフは男たちだけではなく、リイアにも怒りの目を向けていたからだ。

「どこへ行こうとしている！　勝手に出ることは許さぬ！」

「わ、わたしは……」

リイアはぎこちなく頭を振った。違う、と言いたかった。――あなたの命令に背いてなどいない。あなたから逃げようなど、思っていない……。

「王よ、何事ですか！」

張り上げた声とともに、シェネウフの背後から数人の衛兵が現れた。手にした槍《やり》の穂先が光り、場の緊張を高める。

「……逃げるぞ」

リイアの腕をつかんだままの男が、低くつぶやいた。仲間の男たちが強張った顔で頷いたのを合図にするように、男は手に力を込める。

「――ぁあぁ……っ!?」

物を投げ捨てるように、リイアは前方へと突き飛ばされた。

その横を、男たちが散り散りになって駆け抜ける。衛兵が槍を突き出し――一瞬、それらの光景をとらえたリイアの目に、シェネウフの険しい顔が最後に映った。

どん、と全身が硬いものにぶつかる。

「……ッ」

衝撃で気が遠くなりかけたとき、背中に温かいものが触れて身体を支えられた。

「無事か!?」

声が耳元で弾け、意識を引き戻される。

「……王？」

シェネウフが、リイアの身体に腕を回していた。

――助けてくれた？　王が？

逆光になったその表情を見極めようと、目を見開く。しかし――。

「逃げようとしたな!?」

間近にあるその顔は、怒りに目を吊り上げていた。

「余から……、余の、もとから！　逃げようと……！」

「……っ」

怒気が容赦なく突き刺さり、ふるえて声が出ない。

背中に回されていたシェネウフの腕に力が込められた。きつく身体が重なり、抱き合うようにして支えられたまま、リイアは身を硬くして唇を慄かせた。

「……わ、わたし、は……」

かすれた声を絞り出したとき、男の低い悲鳴が上がった。次いで衛兵の「囲め！」という声が重なる。

男たちは逃げられなかったのだ。悲鳴は続いている。聞いたことのない、鈍い音も。肉を断つ、残酷で恐ろしい音だ。

シェネウフの黒い目を見つめ、唇を薄く開いたまま、リイアは言葉を失った。

――わたしも殺される？

逃げるつもりはなかった。突然、侵入してきた男たちに強引に連れ出されただけだ。

だが以前、王宮から出ようと兄が言ったとき、賛同した。早く出なければ、と。それがなぜか、後ろめたい。

見開いた目から涙がこぼれ、ひと筋、頬を伝う。恐怖のあまりの涙なのか、ほかのなにかなのか、リイアにもわからなかった。

だがシェネウフは驚いたように腕の力をゆるめた。

「あ……」

支えを失い、膝から崩れた。王の足元にうずくまり、胸を押さえ、はぁ、はぁ、と浅く息を吐き出す。

　顔を上げるのが怖かった。悲鳴はやみ、衛兵たちの立てる武具の音や舌打ちだけが聞こえる。それらを目にするのは怖かった。──シェネウフを見上げるのは、もっと。

「王よ、侵入者は始末しました」

「そうか」

　ひとりの衛兵の報告に、リイアの前に立ちはだかったまま、シェネウフはなんの興味もないように答える。

「どこの手の者か調べておけ」

「は。……そちらは、どうしますか」

　リイアは身を縮め、ふるえた。

　──殺される。男たちがそうされたように、衛兵の槍で。王の目の前で。

　全身を押しつぶすような沈黙が落ちた。

「……戻せ」

　やがてぽつりと、王が言った。

　槍をがちゃりと鳴らし、衛兵は聞き取れなかったのか「は？」と聞き返す。

「戻せ、と言った。この女は部屋に閉じ込め、監視しろ。けして外に出すな」

　リイアの目の前で、黄金ではなく、簡素なサンダルを履いたシェネウフの足が持ち上げられた。ビクッと竦んだ身体を笑うように、青い前帯の端をひらりと揺らして王はそのまま歩み去った。

「……」

リイアは首をねじり、王の後ろ姿に目をやる。

背を向けたシェネウフが振り返ることはなかったが、そうしてくれればいいのに——と、心の隅で小さなささやきが生じた。

そんな自分の心に戸惑いながら、いつまでも見つめていた。

王のそば近くに仕える侍従のひとりが訪れたのは、夕刻前だった。

「部屋を、移る？」

言われたことに驚いて、リイアは目を大きくした。

時間は経ったが、騒ぎがもたらした恐怖はまだ心身を蝕《むしば》んでいる。ひどく疲れていたし、なにより、兄が戻ってこないのが不安でたまらなかった。

だが情報はなにひとつリイアにはもたらされない。そんな最中、伝えられた王の決定は意外なものだった。

「どうしてここでは……」

言ってから、ハッとする。ここは高官も使う客間だ。王の命令に背いて逃げようとした罪人など、置いておけるような場所ではない。つまり、もっとひどいところへ——牢《ろう》へ移されるのだろう……。

「すぐに、とのご命令だ」

侍従が、部屋の出入り口を目線で示す。

「……わかりました。用意しますので、お待ちください」

「必要ない。荷物があるなら後で届ける」

ついてこい、と言うように、背を向けられた。

「兄も一緒にですか？　まだ戻っていないので、待ってから……」

「それも、必要ない。楽士ラウセルに関しては、王宮から放逐するよう命令されている。二度と門をくぐらせぬように、と」

「え！　そんな……」

王宮を出されて、兄はいったいどうなるのか。——だが、ふと考え直す。女王が愛した兄の歌を望み、匿《かくま》ってくれる方々がいるはずだ。

王宮を出て、王から離れるのが一番いいことなのだろう。兄はもともと、神々に音楽を捧《ささ》げる楽士なのだから。

「でも、わたしだけ、なぜ」

「知らぬ。王にお尋ねせよ。行くぞ」

「……」

侍従の後を追いながら、リイアは口元に当てた手のひらに不安を吐き出した。

シェネウフが戻ってから王宮は活気を取り戻し、庭園に降り注ぐ日射しでさえも、どこか輝きを増したように感じられる。それらを横目にかなりの距離を歩かされた後、王宮の奥、神々の像が等間隔に立つ白い周壁《しゅうへき》の前に連れてこられた。

細長くくり貫かれた門には、槍を持った衛兵が立っている。その脇を通り抜けて入ると、草木の生い茂るまま、手入れされていない庭に出た。

手を差し伸べるように枝を垂れる木々。その根方《ねかた》で気ままに咲く花々が、歩みに合わせ、笑うようにかすかに花弁を揺らす。どこからともなく熟れた甘い匂いが香ってくる……。

ひび割れた青いタイルを敷いた小道を進むと、正面に円柱を連ねた館が現れた。

美しく、小さな館だ。

侍従に促されるまま、リイアは開け放されていた扉をくぐった。

ひんやりとした空気を感じた。迎える者もなく、中は静まり返っている。

困惑するリイアの背後で、扉が重く軋みながら閉じられた。

「奥に行け」

外から侍従が言い、返事を待たずに去っていく足音も消える。

「……」

両脇に円柱を連ねた広間を、リイアはおそるおそる見回した。中央に長方形の内池があり、天井と壁の隙間から差し込む光が、水面の一部をきらきらと輝かせている。

壁や柱など至るところに精緻な彫り物がされ、隅には高価な調度類が無造作に置かれていた。そこに積もる砂などの汚れを、手早く拭《ふ》き取ったような跡があちこちにある。継続的に手をかけていたのではなく、長いこと放置されていた場所を急いで清めたようだった。

「ここは……」

――見覚えがある、と思ってすぐに気づいた。

シェネウフ王が幼少時、軟禁されていた館だ。

リイアもかつて訪れたことがある。この広間で椅子に座り、女王はおっしゃった。――リイア、奥に行っておいで、と。

過去の自分の後を追うように広間を抜け、先に続く細長い部屋を歩く。

以前は庭園を覗かせていた窓は塞がれ、ただ名残《なごり》のように薄布が垂らされていた。いくつか続いた部屋の突き当たりには、記憶の通り、黄金で象嵌された聖刻文字が並ぶ扉があった。

リイアは扉に手を添え、撫でた。彫り物はところどころ黒ずんで、磨《す》り減っている。少年王は、何度となくこの扉に苛立ちをぶつけたのかもしれない。

可哀相《かわいそう》な王。寂しい少年だった王。――真実を知らない王。

「入れ」

物思いに沈んでいたリイアは、扉の向こうから聞こえた低い声で我に返った。

だが、奥に人がいる——そのことに、驚かなかった。ここがあの館だと思い出したときから、わかっていた気がする。待っているのが、だれなのかも……。

リイアは扉を押す手に力を込めた。

◈ ◈ ◈

少年時代を過ごした館に思い入れはないはずだった。

外出もままならず、周壁に覆われた庭園しか知らずに育ったのだ。

シェネウフは、病に倒れた女王が力を失うのと同時に、ここを出た。十四歳のときだった。

そのときから必死で駆け続け、玉座を守っている。

戻ることはないと思っていた。いずれ壊してやろうと思いつつ、忙しさに紛れて忘れてしまっていた。

——こんなに狭いところだったのか……。

壁に描かれた水辺の風景や、細い飾り柱の合間に置かれた黄金の長椅子を眺める。

緑色を帯びた石を敷いた床の中央には、瀟洒な丸い卓が置かれていた。その周りに、鳥を象《かたど》った黄金の小さな椅子が並ぶ。

一段高くなった続き間は薄布で仕切られ、奥には寝台が置かれている。その足元にあるのは、黒曜石でつくられた眠りを守護する神の像だった。幼い頃、夜中に目を覚ましてそれを見るのが怖かった……。

――なぜここにあの女を移そうなど、考えたのだろう。

発端はブーネフェルだった。

幼い頃は養育係として、いまでは宰相となり支えてくれる男が言ったのだ。――南の倉庫の監督官が楽士を欲しがっている、譲られてはいかがか、と。

女王が愛した兄妹が王宮にいることで、女王時代を思い出す者が多くなっている。ブーネフェルは、ふたりを王宮から追放して決着させようと提案したのだ。

楽士などどうでもよかった。たしかによい声の楽士だったが、だからどうということはない。だが、妹のほうはどうすると思った瞬間、心臓がドクンと跳ねた。

――だめだ。あれは、だめだ……！

王宮から出さないようにだけして、シェネウフは向き合うことを避けていた。

肌がひりひりするような痛みと渇きを感じながらも、お気に入りの工房に足を向けたり、剣の稽古をして身体を動かして気を紛らわせていた。

あの風変わりな色の目に、自分がどんなふうに映るのか知りたくなかった。

憎しみだ。――たぶん、そうなのだろう。憎しみ、非難、怒り……。

顔を見た途端、泣きだされるかもしれない。そうなったら、王であるというのに愚かしいまねをしそうだった。――あの夜、女の涙を舐め取っていたように。

「……」

拭《ぬぐ》った涙の味を思い出すように、シェネウフは指先で唇をなぞった。

一日ごとに女の面影は鮮明になり、胸を締めつけた。そんなときにブーネフェルの口からどうすると問われ、自制が吹き飛んだのだ。

――会いたい。触れたい。微笑んでほしい。あの声で呼んでほしい……。

一度それを自覚すれば、もうだめだった。王である自分がなにを恐れていると、自嘲混じりの怒りに突き動かされ、外から近づいた。

女は、折よく庭園に出ていた。その姿をひと目見た途端、何も言えなくなった。動くこともできず。池のほとりに佇むほっそりとした身体を、ただ見つめていた。

女が部屋に戻ってしまっても、所在なく立ち尽くしていた。また出てくるのではないかと、まるで子供のように黙って待っていたのだ。

そこに、騒ぎが起きた。

受け止めた軽さが腕によみがえる。あの柔らかさを。匂いを。涙をこぼした美しい顔を。足元にうずくまった姿を。うなだれ、左右に分かれた黒髪の合間から現われた、細い首筋を……。

あの首に触れたかった。いいや、触れるだけではない。唇で吸い、舐め、噛んでみたかった。どれだけ柔らかいのか、甘いのか……。

溢れそうな衝動を抑えつけ、玉座に戻った足でブーネフェルに、妹だけをこの館に移すと告げた。

閉じ込めるのだ。

もうけして逃がさず、閉じ込めて、自分だけのものにする。

――妹……、リイアをですか、と重ねて問うたブーネフェルの声が頭を過ぎる。

そうだ、リイアだ――と、そう答えた声が常と同じだったか、思い出せない。

ブーネフェルは不思議そうな顔をして頷いた。とくに反対もしないが、賛成も口にせず。

ただ、不思議そうな顔で。

「……」

自分でも不思議だった。――なぜ、あの女なのだろう。

シェネウフは、部屋の隅の長椅子に腰を下ろした。

ここに来る直前に謁見を行っていたので、額に蛇形記章のきらめく大きな縞模様のネメスに幅広の胸飾り、裾の長い腰布という、いつもの王のいでたちのままだ。

地方から戻ってまだ七日しか経っていない。不在の間に溜まった王の務めは、まだ処理しきれていなかった。せめてそれを片づけてからここに来るはずだった。

その間、館を綺麗にさせていたのもある。掃除も人数をかけて行ったのだろうが、豪奢な王宮を見慣れた目には古ぼけて見えた。

だが、我慢ができなかった。玉座を取り戻してはじめて、政務も放り出すほどだった。

唐突に後悔が滲んでくる。――なにをしているのだろう。王たる自分が……、と。

そのとき扉の向こうで人の気配がした。扉に触れているのか、かすかに物音がする。

侍従には、ひとりで通せと伝えてあった。

――リイア。

馴染ませるように、胸中でもう一度、嚙み締める。

リイア。リイア……。

シェネウフは立ち上がり、息苦しさを感じながら口を開いた。

「入れ」

わずかな間を置いて、扉が開いた。

二章

リイアは目を伏せ、部屋に入った。

扉を閉じ、その場で両腕を差し出して平伏し、言葉をかけられるのを待つ。

しかしシェネウフはなにも言わず、音を立てて足早に近づき、リイアの手をつかんできた。

「あ……！」

そのまま力任せに引き起こされる。

両膝を突いていたので、足がもたつき前のめりになる。するとシェネウフのもう一方の手が胴に回され、引き寄せられた。

そのまま広い胸にしまい込むように、ぎゅっと抱かれる。

状況が理解できずぼんやりするうち、高い位置にあるシェネウフの頭が下がり、髪に口づけられた。

「……っ」

身体の芯《しん》をねじられるような痛みが走り、リイアはきつく目を閉じた。

――途端、自分を縛《いまし》める力強い腕や、ぴたりと添えられる熱い身体を意識する。触れ合う肌から伝わる速い拍動は、どちらのものなのか……。

「……王、あの」

シェネウフは以前、寝室で、二度とここには呼ばないと言った。あれは、そういう行為はしないという意味だと思っていた。

……違うのだろうか。

別の場所で？　ここで……？

自分の考えに、顔が熱くなる。頭の中まで赤くなった気がした。

「……どうか、お放しください」

リイアは四肢を強張らせ、ぎこちなく王の腕から逃れようとした。すると、背に回された腕にさらに力が込められた。

「いやだ」

短く答えた低い声とともに、小さく装身具の触れ合う音がした。締めつけられ、リイアは肩に痛みを覚えた。シェネウフの幅広の胸飾りが、肌をこすっていた。

「お、王よ……」

「なんだ」

髪に触れる唇から、吐息とともに答えが返される。

「……いやか？　また逃げようとしているのか？」

「ち、違います、あの、御身《おんみ》を飾る黄金が汚れます……」

シェネウフは驚いたように力を抜いた。

解放されたリイアは、軽くむせながら短い呼吸を繰り返す。心臓がひどく速く、呼吸はなかなか落ち着かなかった。

カチャ、と間近で鳴った甲高い音に顔を上げると、シェネウフが胸飾りを外すところだった。取ったそれが手から滑り落とされ、足元に黄金の光が半円に広がる。

「……も、もうしわ、け、……」

「よい」

飾りでこすられ赤くなったリイアの肩に触れ、そのまま背に手を滑らせたシェネウフは、今度はそっと抱き寄せた。

大きな手が、子供にするように背を優しく叩く。

「落ち着いたか？　……リイア」

ほとんど耳朶《みみたぶ》に触れるほど間近でささやかれ、ハッとする。

——名前を呼ばれた。初めて。

王が知っているとは思わなかった。いつも「女」とそっけなく呼んでいたのに。

自分でも驚くほどうろたえ、リイアは「あのっ」と上擦った声を上げた。

「お、お放しください、王よ、どうか……」

背を上下にさすっていた手が、ぴたりと止まる。シェネウフは無言で、自ら一歩退いて離れた。

それを望んだとはいえ、突き放されてリイアは戸惑った。熱気のこもった部屋だというのに、いきなり寒くなった気がした。鼓動だけが取り残され、どくどくと速い。

「余に触れられるのは、いやか」

うつむいたリイアを押しつぶすように、怒気のこもった声でシェネウフが言った。

「おまえは、女王に可愛がられていた。わかっている、……余が憎いのだろう」

「そんな」

啞然《あぜん》として、リイアは顔を上げた。——憎んでいるのは、あなたではありませんか。

しかし、眉をひそめ、唇をきつく引き結んだその顔を見た途端、言葉を継ぐことができなくなった。

昔に出会った少年の頃と、なにも変わっていない。

悲しげで、孤独で、傷ついた顔。

リイアの耳の奥に、女王の言葉がよみがえる。真実を告げなければ——。

「王よ」

リイアは両手を差し伸べ、若い王の腕にそっと指先で触れた。驚いたように目を見開いたシェネウフに、微笑みかける。

「わたしは、憎んではおりません」

「……偽りを申すな」

シェネウフは目を逸らした。

「女王とて、余を憎んで死んだはずだ」

「いいえ、……いいえ、王よ」

リイアは手を下ろし、身体を寄せて距離を縮める。

「女王は、いささかも憎んではおりませんでした」

「……」

「ほんとうです、王よ。お聞きください、どうか――」

「もういい」

「女王は、最期まで」

「もういいと言っている！」

声を張り上げられ、反射的にビクリと大きく竦んだリイアは、そのまま崩れ落ちるように膝をついた。

「……もうしわけございません」

「許さぬ」

「ですが、わたしは」

「黙れ！　許さぬ、けして許さぬ！」

立て、と短く命じながら、シェネウフは性急にリイアの手を握って引き起こした。

「お、王？」

強い力で立たされたものの、足がうまく動かない。膝が揺れてまた転びかけると、焦れたのか、舌打ちしたシェネウフに腰の下に腕を回され、荷物のように抱き上げられた。

「きゃ……っ」

シェネウフはそのまま部屋を横切って、薄布で仕切られた奥の続き間に上がった。

少年が使っていたにしては大きな黄金細工の寝台の上に、仰向《あおむ》けに放り投げられる。

植物の繊維で編んだマットに、真新しい白い布が敷かれていた。しかし長く使われていなかった寝台は、ギッと大きな音を立てて軋む。

急激な視界の反転に、思考が追いつかない。リイアは目をしばたたいて、身体を起こそうとした。

そこに、大きな影が被さってくる。はさみ込むように両脇に手を突いたシェネウフに、真上から見下ろされた。怒りを宿した目だった。

身体を強張らせて目を閉じると、大きな手が後頭部に回され、指を広げて抱え込むように固定された。

「リイア……」

王の吐息を感じた刹那、唇に生暖かいものが押しつけられた。

口づけをされていると気づいたとき、熱い呼気とともに歯列を割り、舌が差し込まれてきた。濡《ぬ》れたそれに探られ、やがてとらえられる。

「——……ッ」

生まれて初めての感覚に、肌が粟立った。

すくい上げるように舌の裏側を舐め、絡められた。強く吸われ、痛みに喉がくぐもった音を立てる。

それでも足りないと訴えるように、シェネウフの舌は執拗《しつよう》に求めてきた。舌だけでなく、歯列をなぞり、上顎をこすられ——湿った音が響く。

後頭部を支えていた手が、いつのまにか顔の横に添えられていた。指先で頬くぼを強く押され、口を閉じることもできない。

「ン……ッ」

声とともに、飲み下せなかった唾液《だえき》が唇の端からこぼれた。シェネウフの唇が離れ、伝い落ちたそれを舌先で舐め取られる。

悠然とまた唇を重ねられ、さらに激しく貪《むさぼ》られた。

そのまま倒されていく。寝台に頭を押しつけて逃れるように仰《の》け反《ぞ》ると、シェネウフが離れた。

解放されて、リイアは大きく喘いだ。息が苦しくてたまらなかった。心臓が痛い。

──壊れてしまいそう……。

苦しさから無意識に、重ねた両手を胸の上に当てる。

「どけろ」

短くこぼした言葉とともにその両手首をつかまれて、ぐい、とひとまとめに頭の上に縫いつけられた。

リイアの身体を跨《また》いで寝台の上に乗り上げたシェネウフが、もう片方の手で、頭につけたネメスを外す。それを放り投げると、額部分につけられていた黄金細工の記章が床に転がり、カチン、と硬い音が響いた。

短い黒髪の下、シェネウフはひどく怖い顔をしている。

「おやめ……ください、どうか、王よ……!」

かすれた声でリイアが懇願すると、シェネウフは目を逸らし、顔を歪めた。

「いやだ」

濡れた唇が慄き、王らしからぬ小さな声で答える。

「おまえが憎んでいても、どうでもよい。余は、王だ。おまえの意思など……!」

「……っ」

リイアの薄い色の目が揺れる。

いっそ憎めるなら、そうしたい。だが、どうしても──心の奥の奥まで探ってみても、この若い王を憎む気持ちなど、欠片《かけら》も湧いてこないのだ。

「……憎んでなど、おりません」

言葉にした途端、鼻の奥に鈍い痛みが生まれ、涙がこぼれた。しゃくり上げ、こらえきれず泣きだす。

悲しみの理由はわからなかった。

ただ、ひどく胸が痛い。涙は次から次へと溢れた。

「泣いても、もうやめぬぞ！」

両手を頭の上に縫いつけていた手を放し、シェネウフは声を荒らげた。リイアの身体の下に手を差し込んで、引き寄せる。

細い身体を腕に閉じ込めて、王は叫んだ。

「余のものにするんだ……！」

「……ッ」

驚きで、息が止まった。

上げていた手がそのままシェネウフの肩に落ちる。

なぜ——？

だが答えはすぐにわかった。——憎いから。その答えが泡のようにいくつも弾け、胸を締めつける。

王がわたしを欲する理由はただ、憎しみをぶつけたいからだ。女王の代わりにわたしを、傷つけたいからだ。

……だが、自分を抱きしめる腕の熱さは、なんだろう？

密着した肌が伝える、鼓動の高鳴りはなんなのだろう……？

力強い腕に抱きすくめられる陶酔に、気が遠くなる。

リイアは目を閉じた。名残の涙が押されて、頬を伝い落ちる。

シェネウフの頭部を抱えるように、そっと腕を回した。王に対して──と、咎められることなど、思いもしなかった。

子供のようにすがりついてくる王。

真実を知らない王。憐れな、少年の……。

シェネウフが腕の力をゆるめた。距離が生まれ、ふたりの視線が絡む。

「──……ん」

どちらからともなく、唇が重なった。

舌先で舐められて、リイアは戸惑いながらも唇を開き、押し入ってくるシェネウフのそれに、おそるおそる触れる。途端、濡れた音を立てて舌が絡められた。

肩に置いたもう一方の手に押され、ゆっくりと身体を倒される。体重をかけないように肘をついたシェネウフが、上からぴたりと身体を密着させてきた。

腹部に、隆起した王の欲望が当たった。硬く熱い感触が布越しに伝わって、リイアは本能的に慄く。

しかしシェネウフは、性急にことを進めなかった。

リイアの首筋に唇を這わせながらドレスを吊るす肩紐を外し、むき出しになった乳房を熱い手のひらで覆い、広げた指でふくらみを優しく揉まれた。

唇が鎖骨を食むように動き、やがて柔らかい曲線を甘く嚙まれる。右の乳房の頂を口に含まれ、強く押すようにして舐められた。

「……ぁ……っ、あっ……」

熱く湿った舌からもたらされる感触に、リイアは大きく胸を喘《あえ》がせた。

何度も舐められ、尖っていくのがわかった。シェネウフはさらに硬くするように、ときに唇に挟んでこすり、強く吸い上げてくる。

胸の奥が引き絞られるように痛い。だがそれ以上に、足の間から突き上げてくる熱い感覚に追い詰められる。

「い、いや……、王——あ、あぁ……」

手でいじっていた左の乳房へと唇を移され、同じようにねぶられる。逆の、濡れて尖ったままの乳首を、今度は指で強くつままれた。

「や……ぁ！」

刺されるような鋭い感覚に、ビクッと全身が跳ねる。

「……もう――や、やぁ……、もぉ……っ」

身体が変わっていくようで、恐ろしい。

リイアは夢中で、シェネウフの頭を引き剝がすように押した。行為の不敬さなど、意識から消えていた。

「絶対に、やめない」

チュ、と吸い上げる音を残して、シェネウフがささやいた。潤んだ視界の中に、笑みを浮かべた濡れた唇が映る。

「もっと、してやる。もっと。……おまえが泣いても、もうやめない」

「あっ」

両手でそれぞれの乳首をつままれ、濡れて敏感になったそこを、絶妙の力でこすられた。快感で、頭の先まで痺れる。――四肢を突っ張って、リイアはふるえた。

足の間が、ビクビクと痙攣《けいれん》している。無意識に擦り合わせると、動きに気づいたシェネウフがそこに手を伸ばしてきた。反射的にきつく閉じたが、脚の間と、重ねた太腿《ふともも》の細い三角の隙間に、立てた人差し指を差し込まれた。

布越しにたしかめるように、曲げた指先に力が込められて上下にこすられる。

「ああっ……！」

「よくわからんな」

揶揄《やゆ》するようにささやいたシェネウフは、リイアの身体に手を添えて浮かし、もう片方の手で素早くドレスを引き下げた。

くるぶしまで包む一枚布のドレスはするりと腰から抜け、太腿の半《なか》ばで固まる。下半身をあらわにされて、羞恥《しゅうち》にリイアは身をよじった。

その動きに合わせて、浮いた足からドレスを取り去られてしまう。

「そ、……そんな……っ」

両腕を胸の上で交差させ自分を抱くようにして身を縮めると、シェネウフにその腕をつかまれ、軽々と引き剥がされた。

硬くなった赤い頂きを濡れ光らせ、乳房がふるえる。

「……美しいな」

シェネウフは低くつぶやいて、リイアの姿態《したい》を見下ろした。全体的にほっそりしているが、優美な曲線と、滑らかな白い肌をしている。

「とても、美しい」

シェネウフは獰猛《どうもう》な獣のように目を細めた。そしてリイアの手首を握ったまま寝台に押しつけ、組み敷いた。

胸に顔を埋めて、ふたたび唇と舌で愛撫する。柔らかな白いふくらみを。宝石のように赤く、硬くなった頂を。

何度も何度も、吸い上げられ、舐められ、こすられ……。

「あぁ、……あっ、あぁ」

痛みに似た刺激に、リイアは短く声を上げることしかできない。

やがて手首が放された。腕の内側を指先で辿ってシェネウフの手が下り、広げた指で、強く乳房を揉まれる。乳房は淫猥《いんわい》に形を変え、王の指に吸いつく。

ひとしきり堪能《たんのう》すると、シェネウフの唇は腹部に落ちていった。滑らかな肌を舌が這い、下へ下へと向かう。

身体の位置を変えながら、シェネウフは肘を使って強引にリイアの足を開かせた。

「……っ」

無意識に閉じようとする動きを許さず、身体を割り入れてくる。王を足にはさみ込む格好になって、リイアはその信じられない光景を脳裏から追い出すように目を閉じた。

それでも視線を感じた。羞恥に、全身だけでなく頭の中まで熱くなる。見られている秘所が勝手にヒクついて、奥からなにかが溢れていく……。

吐息を感じ、ぞくりとした次の瞬間、割れた肉の合間に、熱く湿ったものが触れた。

「……ああああっ！」

羞恥だけでなく、もっと強く押し寄せた快感に全身が焼かれた。

濡れた音を立てて、まるでなにかの生き物のようにシェネウフの舌が動く。

ふるえる柔らかなひだを吸われ、広げた舌で秘所全体をすくうように何度も撫でられ――もたらされる密《みつ》な快楽が終わらぬうちに、丸めた舌先が潜り込み、さらに深くこまかく刺激された。

全身を駆けめぐる愉悦に、思考のすべてが奪い取られていく。

王が、わたしの……、王に、舐められている――あまりに畏れ多い行為が不安を煽《あお》り、快感をより強めていく。

熱に浮かされているようだった。

全身を焼くそれを解放する術も知らず、快楽の淵《ふち》で声を上げ続けることしかできなかった。

シェネウフは故意に、大きく濡れた音を立てた。

熱く柔らかい秘裂の奥を丹念に舐め、蜜を溢れさせる。ふるえる小さなひだを尖らせた舌先でなぞると、かすれた声を漏らしてリイアの細い身体がしなった。

悦《よろこ》ばせているのだと思うと、胸が高鳴った。

――もっと、もっと……。

絶え間なく上がる欲情にかすれた喘ぎに、自身も昂ぶってくる。――もっと、鳴かせてみたい。声を上げて、すがりついてくればいい……。

脈打つ自身の欲をこらえ、執拗にリイアを責める。ただ挿入して終わるだけだったどの女とも違う、目の眩むような征服欲が下腹部に渦巻いていた。

濡れてほころんだ割れ目の上部を、舌先で何度もこすった。小さく尖った粒を探り出し、優しく舌でつつくと、リイアの声が上擦り、腹部が激しく上下する。

ここが、気持ちいいのだろうか……？

シェネウフの心に、嗜虐《しぎゃく》に似たものが生じた。唇を寄せ、そこに吸いつく。

「――ッ！」

リイアが大きく仰け反った。

浮き上がる腰を押さえつけて、さらに深く口に含む。尖らせた舌先でそのまま突くと、無意識なのか両脚を上げ、柔らかな腿の内側でシェネウフの頭をはさみ込んできた。

リイア自身の匂いと、肌にすり込む甘い軟膏《なんこう》の匂いが混じり、立ち昇った。最高級の香を吸うようりうっとりとして、シェネウフはさらに激しく舌を使う。

「……ンッ、あ、ア――……ッ！」

甲高くかすれた声を上げ、リイアの身体が硬直した。頬に触れる腿がビクビクと痙攣し、舌で包んだ粒が熱くふくれた。

唇をずらして下を探ると、溢れたものでぐっしょりと濡れ、誘い込むように収縮している。

シェネウフは身体を起こした。

両手で口元を覆い、ぎゅっと目を閉じたリイアを見つめる。閉じた瞼の縁に涙が光っているのに気づいて、ギクッとする。

だが、もう引き返せなかった。シェネウフは自分の腰布を外しながら、もう片手で男を知らない固い穴を探った。

ビクリとふるえた身体を見下ろし、濡れたそこに指を一本潜り込ませると、ぐぐ、と押し包むように反応してくる。

ゆっくり抜き差ししながら、二本目の指を入れた。

「あ……っ」

痛むのか、嫌がって逃げる素振りをする。シェネウフは身体を重ね、放っておいた乳房に唇を押し当てた。すぐに硬くなった乳首を口に含んで舌で転がしながら、狭隘《きょうあい》な入り口を指で慣らし、さらに濡らす。

その手を開いて親指の腹で潤いをすくい、割れ目の上部を探ると、リイアの腰が官能的にくねった。挿入した指と、敏感な部分をいじる親指を揉み合わせるように動きを速め、少し乱暴にいじる。

「い……いやっ、あ、あぁ……あっ！」

リイアの声が上擦り、激しくなった。シェネウフをよりたぎらせる甘い声を絶え間なく上げながら、両腕をふらりと泳がせる。白くて細い指先がふるえながら髪に潜り込んできたとき、シェネウフはなぜか切なくなった。

「リイア……？」

顔を近づけて名を呼ぶと、女はうっすらと瞼を開けた。緑色が混じる琥珀に似た薄い色の目が潤んでいる。見つめるうち、緑色の部分が滲むように広がり、希少な碧玉《へきぎょく》のようにきらめいた。

その美しさに一瞬、言葉を失って見惚れるうち、涙がゆっくりと目の縁からこぼれた。そうして泣きながら、唇をふるわせて懇願する。

「も、もう……、お、おかしく、なって……、お、お許しを、……放して、くださ」

「――いやだ」

これほどに悦んでいてなお拒絶する女の言葉に、カッとする。同時に、舌足らずな鼻にかかった甘い声と、放せと言いながらすがりついてくる姿に、シェネウフの欲望が弾けそうになった。

「放さない、絶対に……！」

「あッ、ん……っ」

拒絶ではなく、求める言葉を言えばいいのに――怒りと欲とに突き動かされ、シェネウフは指を引き抜いて夢中で身をすり寄せ、貪るように口づけた。

足の間に入れた腰を押しつけ、欲望の先端で濡れた秘所を上下にこする。左右のひだを割ってゆっくりと潜り込ませ、腰を進めた。

ひどくきつい。

侵入を拒む壁を先端で感じ取り、動きを止める。それは未通の証拠だったが、シェネウフにはリイアの強固な抵抗に思えた。

カアッと胸が煮える。一気にふくらんだ征服欲とともに、シェネウフは腰を突き上げた。

「い――……ッ!!」

リイアは声を途切れさせ、大きく仰け反った。

抱き締め、肩口に押しつけたリイアの頭が、いやいやするようにゆっくり揺れる。髪が乾いた音を立てて肌をくすぐり、その淡い刺激にでさえ欲を煽り立てられる。

「リイア……ッ！」

――自分のものだ。自分だけのものだ。

シェネウフは腕の中の細い身体をかき抱いて、目を閉じた。

「……あッ、あぁ……っ」

痛い。――痛い……！

逃げたいのに、逃げられない。力強い腕でしっかりと抱きすくめられている。伸ばした手は宙をつかみ、力を失って、律動する熱い背中の上に落ちた。痛みを与える相手だというのに、その背中にすがりついて、リイアは泣いた。

ギッギッと規則的に、寝台が軋む。

シェネウフは、リイアの身体を食い破るように激しく攻め立てた。

荒い息遣いが聞こえる。リイア、と何度も呼ばれた。王のものとは思えないほど優しく、切ない声で。

「イ……ッ、あ、あ……ぁ！」

大きくたくましい腕に抱かれ、情熱的に身体を揺すられる。熱を帯び、汗ばんだ肌がこすれ合う。

痛みと、ひどい違和感――やがてそれだけではなく、くすぐられるような、むず痒《がゆ》いような、奇妙な感覚が混じった。身体の奥で、なにかが蕩《とろ》けて……。

「あ……ン、ンン……」

王の背に回した手に力を込め、リイアはたまらず、吐息混じりの甘い声を上げた。

頭を伏せたシェネウフが、乱れた髪の合間から覗く、花弁のように赤く染まったリイアの耳に口づけた。

「……おまえの中は、心地《ここち》よい」

熱い息とともに吹き込まれた王の言葉に、身体の芯がカッと熱くなる。

たまらずリイアは声を上げて悶《もだ》え、無意識に足を上げてシェネウフの腰をはさみ込んだ。圧迫される角度が微妙に変わり、入り口に熱となって溜まる。

脈打つ王の興奮に、その熱をかき乱される。

「……あああぁー……ッ！」

身体中の骨が溶けていくような快感だった。

様子が変わったことに気づいたのか、シェネウフの動きが遅くなった。大きく引いて、深く差し込む。それを繰り返してくる。

じっくりと味わうような抜き差しだった。シェネウフの熱くふくらんだ先端が敏感な入り口を探り、征服の悦びをもってまた深く入ってくる。

「や、……やぁぁ……あ、ァ……ッ」

蕩けた熱い内部に埋められていく生々しい感覚は、指の先まで痺れるような快感をもたらした。リイアは大きく弓なりに背をそらせ、強すぎる刺激から逃れようとした。

それを押しとめるように、ふるえる細い身体を抱いたまま、シェネウフが動きを止める。

深く挿《さ》し込んだ下半身の熱を堪能するように、王は長い息を吐いた。

「リイア……」

淫靡な甘さを含むかすれた声に、焼かれるような痛みが胸に走った。

――なぜわたしをそんなふうに呼ぶのだろう？　そんなにも、切なく。

胸の痛みに耐えられなくて、リイアはかすかに身じろいだ。すると、埋め込まれたシェネウフの欲望の形を、きつく締めつける肉が伝えた。どくどくと脈打ち、熱い。熱く太く……。

――わたしを貫く王の……。

心のざわめきとともに、下腹部の最奥がふるえる。

「く……っ」

シェネウフが短く声を上げた。

間近で向き合ったその顔から汗がしたたって、リイアの頬に落ちた。シェネウフはきつく眉根を寄せ、つらそうな顔をしている。

「この……っ、初めてではないのか!?」

「え……」

「まだ、おまえの中に、いさせろ……！」

「え、あっ……ああ……っ！」

一気に、シェネウフの動きが激しくなった。

濡れた音が間断なく、部屋に響いた。寝台が軋み、壊れるのではないかと思うほど大きく揺れる。

突き上げられる痛みと刺激に、リイアは声もなく喘いだ。シェネウフの背中に回されていた手から、力が失われていく。

どうしていいのかもわからず、ただ揺らされる。

激しく抜き差ししながら、シェネウフはリイアの頬に手を添え、唇を求めてきた。つなぎ合わせる部分が足りないと訴えるように、唇が重なった途端、舌が絡みついて強く吸われる。

頭の中にまで直接、濡れた音が響く。

息が苦しくてたまらなかった。顔が、全身が、茹《ゆ》だるよう。

「……ぁあ——や、……ッ！」

「リイア、リイア……！」

ふいに硬直したようにシェネウフの動きが止まり、挿れられた欲望がふくらんで、リイアの体内を圧迫した。

「う……く！」

シェネウフが短く声を上げると、身体の奥に違和感が生じた。

熱さを塗り広げるようにぎこちなく動くシェネウフの背中に爪を立てて、リイアは経験したことのない内奥の熱に必死で耐えた。

やがてゆっくりとシェネウフは動きを止めた。

「リイア……」

弛緩《しかん》した身体を重ねて、王は大きく息を吐いた。腕の位置がずらされ、体重をかけないようにしてしっかりと抱き締めてくる。

官能の匂いを含んだ熱に溶かされるように、リイアも力を抜いた。荒く息を継ぎながら目を閉じると、落下していくような感覚に襲われた。四肢がひどく重い……。

自分を包むように抱く腕の力も、重なる身体の重みも、間近に感じる息遣いも、すべてが夢の中のもののようにぼやけていく。

激しく上下する汗ばんだ背中を抱いたまま、リイアは気を失った。


「……ッ」

喉が渇き小さく咳《せ》き込《こ》んだ瞬間、目覚めた。――いつの間に眠っていたのだろう?

「気づいたか」

すぐそばで、かすれた低い声がした。

顔をずらすと、間近で微笑むシェネウフと視線がぶつかる。

ふたりは寄り添って横になっていた。

「も、もうしわけございません……っ」

王の腕を枕《まくら》代わりにしていたリイアは飛び起きようとするが、手で押しとどめられた。

シェネウフはその手に力を込め、所有を主張するようにリイアを腕の中に閉じ込めた。さらに足を絡められ、素肌が密着する。

「王、――王、よ……」

「なんだ」

「お、お放しください、身づくろいを」

「うるさいな、おまえは。放せ放せと。身体は拭ってやった。気にするな」

「……」

頬が熱くなった。情事の後始末をどうするのかなど知らなかったが、どうやら王がしてくれたらしい。

「も、もうしわけ……ありません、でした」

身を縮ませて、小さく謝る。

「かまわぬ」

それに応えたシェネウフの声は、心なしか弾んでいた。そのまま、うつむくリイアの額に唇を押しつけてくる。

「……血を流させた」

「え？」

「痛かったろう。やはり初めてだったのだな、すまぬ」

「――」

言葉を探しあぐねて、ただ目線を下げた。

処女が流す血を、リイアとて知っている。数多《あまた》の神々の中には、それを象徴する女神もいるのだ。

だが、シェネウフが嬉《うれ》しそうにしているのが、なぜかひどく気まずく、恥ずかしい。

シェネウフはリイアの頭を抱え込んで、自身の胸に押しつけさせた。王の心臓の音が伝わる。どく、どく、と力強く。

互いの汗の匂いがした。そこかしこに残る甘い官能の匂いも……。

いたたまれなくなり身じろぐと、下腹部が鈍く痛んだ。我慢できないほどではないが、落ち着かない。

「あ、あの、王……」

「リイア」

放してください——という言葉を遮り、シェネウフは優しくささやきながら、胸に抱えた髪を撫でてくる。

「おまえを、妻にしよう」

「え……」

リイアは目を見開いた。

なぜ王が、自分を妻になど？　漠然とした不安と、焦燥めいた胸騒ぎを覚える。——抱くだけでは、足りないのだろうか……？

「リイア？」

黙り込んで反応しない態度を不審がったのか、シェネウフはふいに強くリイアを引き剥がして、顔を上げさせた。

強い光を宿した目に間近から見据えられる。

「嫌なのか！」

リイアの腕をつかんで、シェネウフは身体を起こした。

真向かい、両腕をはさむようにつかまれる。硬い指に強く締めつけられ、その痛みがリイアを我に返らせた。──王は混乱されている、と思った。

「……王よ、わたしは……」

「もうよい！」

食いつくように見下ろし、シェネウフが乱暴に揺すってくる。

「言わなくてもよい！　おまえの意思など聞く必要はない。嫌でも妻にしてやる。泣いて叫んでも許すものか！　ここから──」

黒々とした目が、物狂おしくあたりに向けられた。軟禁されていた少年時代の自分の影を探していたのかもしれない。怒りと寂しさを宿した少年を……。

やがて激情をやり過ごすように目を閉じ、シェネウフは大きく息を吸った。

「お、王……？」

リイアに戻された眼差しには、あの地下の怪物を思わせる恐ろしいものが宿っていた。しかしそのまま目を背けたシェネウフは、軽い身体を放り出すように手を離し、素早く寝台を下りる。

「けして、ここから出すものか」

「そんな、王……」

「絶対に逃さぬ。おまえは、余のものだ」


——ひとり残されたリイアは、音を立てて閉じた扉を見つめた。

「……なぜ？」

知らず、涙がこぼれる。

つい先ほどまで自分を包んでいた熱さが失われたことが、ひどくつらかった。夜の砂漠に放り出されでもしたように、寒くてたまらない。

……なぜ抱かれてしまったのだろう？

後悔が、胸の中に黒く渦巻く。

——なぜ、憎まれたままでも、抱かれていいなどと？

リイアは自身の心を見つめ直した。――そうよ、と間を置かず、胸の奥で声がささやき返す――王がそれで満足するなら、と思ったからよ。ほんの少しでも慰めになるなら、と……。

だが抱かれた後に残ったものは、満足感とは程遠い。

胸をえぐる悲しさを埋めようと、リイアは自分に言い聞かせる。――王がわたしを妻にと望んだのは、愛しているからではない。……そう、愛なんかでは。

王の、女王への憎しみが消えたわけではないのだ。

「メデトネフェレト様……」

死者の楽園に去った女王。

その最期に託された真実を伝えれば――あるいはシェネウフは女王を許すかもしれない。

そうして許してしまえば、憎しみをぶつける代用品として、リイアをそばに置く必要もなくなるだろう。

憎しみに凝り混乱し、自分を妻に……、などと妄言《もうげん》を吐くことも。

「……っ」

自分を抱くように腕を回し、リイアは身ぶるいした。

――女王を憎む限り、王はわたしをそばに置く。

真実を告げなければ、いつまでも。

シェネウフが手配したのか、翌日、館には三人の侍女が現れた。いずれも若い娘たちだったが、よく躾《しつ》けられていた。無駄口を叩くことも、目を合わせることもしない。

リイアはそんな侍女たちの手で湯浴《ゆあ》みの支度もされ、身体を清められた。髪を梳《くしけず》られ、化粧もさせられる。

ドレスや装身具が運び込まれ、果物や野菜の豊富な食事も、随時、届けられた。不便はなかったが、外に出ることだけが許されなかった。周壁の門には常に数人の衛兵が立ち、出入りを厳しく見張っている。

侍女たちは黙々と仕事をして、夕刻には館を出ていった。

そして入れ替わるように、夜には——……。

香油に浸した灯心《とうしん》に火をつけ、奥の部屋でぼんやりと彫刻のひとつに見入っていたリイアに、扉の脇に立つシェネウフの姿に気づいた。

「王……」

ふらりと倒れ込むように、その場に両膝を突いて頭を下げる。

正面まで歩み寄ってくる足音が聞こえて、リイアの胸が高鳴った。昨夜の名残は侍女たちの手で片づけられ、部屋には微塵《みじん》も残っていない。それでもふたりきりでいることで、どうしても意識せずにはいられなかった。

身体を重ねたこと。互いに溶け、混じり合うような口づけをしたこと。

気まずい別れ方をしたこと……。

しかし黙ったまま、シェネウフは立ち尽くしている。

その足元の、黄金を配したサンダルを見つめたまま、リイアは待った。

「……リイア」

やがてゆっくりとシェネウフの手が伸びて、指先が頬に触れる。促されて顔を上げると、ネメスを外したシェネウフと視線が絡んだ。

シェネウフは落ち着いた表情をしていた。大きな目を縁取る化粧、高い鼻、形のよい唇。秀でた額に小さな顎をした端整な顔立ちで、王族らしい気品がある。

しかしその中には、ほかにはない孤独と焦燥が感じられた。自身をも傷つけているような険の強い、黒い双眸《そうぼう》を見つめているうち、またリイアは悲しくなってくる。

「王よ」

思わず、言葉が滑り出た。

「あなたは、月神のようなお方です」

「……なに？」

「美しい若者の姿をした月神です。たったひとり、空を行くお方。……孤独な」

「だまれ」

シェネウフは眉をひそめ、リイアに触れる手を離した。

「余は王だ。夜空を気楽にさまようような者に、おまえの目には映るのか！」

「あ……っ」

屈《かが》んだシェネウフに腕をつかまれ、引き立たせられる。

「お、王……！」

「どこまでも腹立たしい奴」

身体に回した腕に力を込めて、シェネウフはリイアをきつく抱いた。

「なぜこれほど、心をかき乱すのだ……！」

「――」

裸の胸に頬を当て、リイアは息を飲む。この熱くたくましい身体にすがりつきたいという欲がこみ上げた。

王なのに。……年下なのに。

それでもひとりの男として抱く腕に限りない包容を感じて、それに甘えたかった。

「……王よ」

けれどそうせず、リイアは言った。

「お願いでございます、兄が、楽士ラウセルがどうなったのか、お教えください」

「なに」

シェネウフは力をゆるめて隙間をあけ、リイアを見下ろした。

「楽士だと？」

「はい。放逐され、兄はいったい……」

「オルテムが引き取った」

シェネウフは目線を逸らし、拗ねたようにそっけなく答えた。

オルテム？　——南の倉庫の監督官だという貴族のことだろうか。兄は何度かその貴族の館に招かれ、泊まることもあった。

「兄は、無事で」

「うるさい！」

荒らげた声に遮られ、身が竦む。

若い王は激情を迸《ほとばし》らせたまま、食いつくようにリイアを見下ろした。

「おまえは、あの男を気にしすぎだ！」

「は……？」

薄い色の瞳が揺れるのを見かねたように、シェネウフは目を逸らした。そのまま、ふたたび抱き寄せられる。

「余の前で、ほかの男のことを口にするな」

胸に抱え込んだ髪に触れる唇が、苛立ちを含んだ言葉を吐く。

「たとえ兄だとて、許さぬ」

「ですが兄は盲目で、わたしがいないと」

「うるさい！　……うるさい！」

シェネウフはがっちりとリイアの頭を押さえつけて持ち上げ、嚙みつく勢いで口づけた。

「ン……ッ」

するりと舌が入ってきて、リイアのそれと絡む。すぐにきつく吸われた。シェネウフの顔が傾けられ、さらに深い口づけを求められる。

痛みにくぐもった声を上げると、いったん、唇は離れた。

「は……ぁ……」

知らず吐息をこぼして喘ぐと、足を広げさせるようにシェネウフの膝が割り込んでくる。

しかしぴったりと下半身を覆うドレスが妨げになり、若い王はすぐに焦れたのか、片手を放して裾をめくり上げた。

「……っ」

その手を押しとどめようと、とっさに腕を握る。しかしまったく制止にならず、太腿までめくり上げられた裾から、躊躇《ちゅうちょ》なく手が差し込まれた。

柔らかな肌を手のひらで撫で、丸い双丘を広げた指で包まれる。

ビクッと全身をふるわせ、リイアは身じろいだ。

「……動くな」

唇を離し、リイアの肩に顎を乗せたシェネウフが命じる。

諦めにも似た気持ちで息を吐き、リイアは命令に従った。

シェネウフはすぐに、さらに膝を割り込ませてリイアの両脚を広げさせ、差し込んだ手を悠然と、秘所へと当てた。

「あ……っ」

ほころんだ秘裂の縁を、二本の指の腹でなぞられた。上下に長くこすられ、力が抜ける。

怒っているはずなのに、触れてくる指の力も動きもひどく優しい。立っていることがつらく、シェネウフの背中にしがみついた。

ぴたりと密着した肌が熱を持ち、互いの鼓動が伝わる。

吐息がこぼれた。こうしていると、なにもかもどうでもいいような気持ちになってくる。

兄が、女王が、心から消えていく……。

抱きつく身体の華奢な背中側から両手を回したシェネウフは、リイアの様子に満足したように、首筋に唇を当てたままささやいた。

「しっかりつかまっていろ」

「え……、あっ……」

王の手のひらは、曲線を堪能するように肌に触れながら滑り落ち、足の間の甘美なくぼみに押し当てられた。潤いを確認するように、硬い指が割れ目をそっとくすぐってもぐり込んでくる。

「あっ、あ、ん……！」

片手が柔らかな尻をつかんで、さらに押し広げるように秘所をあらわにさせられた。潤いに滑る指に、小さく尖った敏感な粒を探り当てられる。

そこを小刻みにこすられると、突き刺されるような鋭い痛みが生じた。それは背筋を這いのぼって、快楽になる。

リイアは頭を仰け反らせ、細い喉元をさらけ出してふるえた。

「あぁっ、あ、……お、王ぉ……！」

シェネウフは自身の腕でしっかりとリイアを固定したまま、声に含まれた懇願を無視して淫靡《いんび》な行為を続けた。腰布を押し上げる自身の猛《たけ》りを、リイアの柔らかな肌にこすりつけるように腰を揺らしながら。

腹部に感じるその硬さと熱に促されるように、リイアはいっそう、足の間が潤うのを感じた。王の興奮に、身体の奥が蕩けさせられる……。

「リイア……、まだだ。まだ、もっと」

シェネウフは敏感な突起を指の腹で撫で、優しく押して円を描くようにして弄《もてあそ》んだ。子供がする遊びのように熱心に、執拗に。

あまりの快感に、リイアは切迫した声を上げた。

「お、王……っ、……ああぁ、やめて、やめて……、くださ、い……！」

たくましい裸の胸にすがりつき、必死で言う。

「や……っ、立って、立っていられない……」

「……くそ！」

小さく悪態をついてシェネウフは手を離すと、素早く屈んで、リイアを横抱きにした。

「お、王……？」

「黙れ」

怒っているのか、王の端整な顔はまだ紅潮している。じろりと鋭い目で見下ろされ、反射的に竦むと、額に唇を押し当てられた。

「余のことだけを考えていろ」

シェネウフはリイアを抱えたまま、足早に寝台へ向かった。

四章

「王よ」

謁見室に、黄金細工の工房を任せている監督官が現れた。

めずらしいことだった。この男は滅多に工房から出てこない。

「どうした、黄金の不正でもあったか？」

玉座から見下ろし、シェネウフは機嫌よく尋ねる。

一礼を済ませて立ち上がりながら、監督官は顔をしかめた。

「お戯《たわむ》れを。そのようなことがございましたら、わたしめの首がなくなります」

「腕は残すぞ。おまえの技は惜しい」

シェネウフは大きな声で笑った。謁見室に残っていた役人たちが驚いた顔で玉座を見たので、それらに軽く手を振り、「それで？」と促す。

監督官は手にしていた袋を差し出し、言葉を探すように躊躇《ためら》い、やがて言った。

「……実は、招いた新しい職人がこれをご覧いただきたいと」

「細工を？」

「は……、お気に召されなければ、工房を出たいと申しておりますので……」

シェネウフは黙って目をむいた。職人の傲慢さに、じわりと怒りが腹の底に満ちる。

「……蛇の腕輪をつくった職人だな？」

「は」

「腕輪は、どうした？」

「……その、王がお気に召さなかったことを伝えたところ、……溶かしてしまいまして」

「なんだと!?」

慌てて監督官がその場に跪く。

「もうしわけございません……！　わたしの力不足でございます！」

白いものが混じりはじめているその伏せた頭髪を見つめるうち、怒るよりもなにか呆《あき》れる気持ちのほうが強くなっていく。

シェネウフは口元にゆっくりと苦笑を浮かべた。

「よい、仕方あるまい。そなたも職人も罰せぬ」

「王よ……！　お言葉、感謝いたしまする！」

「うん、……だがあの腕輪は、思い返せばなかなかよかった。同じものが欲しいな」

「は、直《ただ》ちに」

「ちゃんと紅玉髄でつくった舌もな」

シェネウフはそわそわしながら言い足した。

——リイアの白い腕に、あれは似合うはずだ。小さな赤い舌。あの腕輪だけをつけさせ、ドレスを脱がせてしまおう……。

「王？」

「……なんだ」

「いえ、なにかお顔が」

「余の、顔が？」

「……常のごとく雄々しくございます」

「そうか」

「こちらを、ご覧いただきましても？」

小賢しく話を変えた監督官を睨んで咳払《せきばら》いし、シェネウフはさっと手を出した。

「——見よう」

十日ばかりが過ぎても、リイアは意思のない人形のように扱われていた。

躾けられた侍女たちは、手際よく館の中も片づけていく。長い間、使われていなかった館は、リイアを閉じ込めたまま時を取り戻し、変化していった。

床や調度類は磨かれ、窓に垂れる薄布も取り替えられた。広間の内池の水も青く澄み、浮かべられた蓮が白く輝き、芳香を漂わせている。運ばれたいくつもの櫃《ひつ》には、亜麻布でつくられたドレスや上衣が詰められ、黄金に紅玉髄、青金石、象牙《ぞうげ》など、高価な装身具が棚に並べられた。

用意された軟膏は神殿の工房がつくる、王族が使う最高級のものだった。甘く蓮の匂いのするそれを擦り込まれ、リイアの肌は輝き、滑らかになった。

薄物のドレスをまとい装身具をつけると、王族にも恥じない貴婦人になる。

すべて、夜に訪れる王のためだけに……。

「——立て」

そしていつも、この王の一言から、はじまる。

跪いていたリイアは、ゆっくりと頭を垂れたまま立ち上がった。近づいてくる気配を待ち、床に落ちる自分の影を見つめる。

しかし、その夜、シェネウフはなかなかそばに寄らず、時間だけが流れた。

そっと視線を上げると、メネスを外したシェネウフは、それを置いた卓の上で、迷うように手を動かしている。

「……王？」

シェネウフは怒っているような顔をして、リイアを見た。

「工房に、腕のよい職人を招いた」

「はい」

「黄金細工を作らせている工房だ」

「……」

「自信作ができたので、見て欲しいと」

シェネウフは意を決したように近づいて、リイアの下げた手をつかんで開かせた。そこにきらめくものを落とす。

手のひらに、しゃら、と音を立てて収まったのは、黄金の円盤を連ねた装身具だった。

「綺麗……」

ずしりと重みを感じた。円盤のひとつひとつに精緻な聖刻文字が刻まれ、ごく小さな宝石が象嵌されている。美しい細工に、リイアは見惚れた。

「とてもすばらしいものです。……ほんとうに、とても」

「おまえに、やろう」

「え」

「余も気に入った。よくできている。……嬉しくないか？」

「いえ！　とんでもない、あの、でも、こんな綺麗なもの」

「おまえのほうが――」

ぐい、と手を引かれ、抱き締められる。

「ずっと綺麗だ」

「……！」

カッと、頬が熱くなった。

綺麗。

そう言ってくれる人も、これまでにはいた。女王のそば近くに仕えたリイアには、言い寄ってくる男が少なくなかったのだ。だが、いずれもリイアの背後にある女王の寵をあてにしたもので、その透ける思惑に、けして踊らされなかった。

なのに、なぜいま、心が騒ぐのか。綺麗と言われて。

――王だから？　媚《こ》びる必要など彼にはない。心からの言葉だと、信じたい……。

リイアは手の中の装身具をきゅっと握り締めた。

「ありがとうございます」

「うむ」

「大切にいたします」

「なに？」

シェネウフは心外そうな表情で見下ろしてきた。

「大切にするなら、もっとよいものを持ってくる」

唖然としてリイアは、シェネウフの黒々とした大きな目を見上げる。

「……でも」

「もういい、喋《しゃべ》るな！」

渡したばかりの装身具を取り上げ、それを放るように卓に置くと、シェネウフはリイアの肩を抱いて寝台に向かう。

「お、王、あの」

「うるさい！」

巻き込むように抱かれ、寝台に倒された。視界をぐるりと回されて、束《つか》の間《ま》、混乱する。

「おまえはほんとうに、この口で、いちいち逆らう――」

だから塞ぐのだと言うように、唇を重ねられる。

舌先で、唇を開くように促された。慄きが走りふるえながら従うと、するりと熱く濡れたものが素早く差し込まれ、上顎に触れられた。そこを強く弄られて、くすぐったいのと、それより強く別のなにかにぞくりと全身を貫かれる。

小刻みにふるえるリイアの反応に、シェネウフは気をよくしたのかもしれない。舌の愛撫は優しく長く、リイアの息が切れるまで続けられた。

「――ふ……ぁ……」

ようやく解放され、必死に息を吸う濡れた唇を、シェネウフが親指の腹でなぞる。

「おまえを黙らせるのは、この方法が一番いいな」

どう答えていいのかわからず、困惑してリイアは目を伏せた。

「……」

「リイア」

シェネウフはついばむように唇を重ねながら、きつく抱き締めてきた。

熱い身体の重みが心地よかった。触れ合うことで、心の中のなにかが満たされていく気がする。

シェネウフの背に手を回すと、首筋に埋められた唇に脈打つところを吸われた。

明日、侍女たちの視線にまた、過敏になってしまう。――以前にもそうしてつけられた痕がまだ残っているのに……。

シェネウフの唇がドレスを落とし、あらわになった乳房を食《は》むように愛撫する。柔らかな曲線に点々と赤いしるしを残しながら、唇はゆっくりと移動した。

「ん……っ」

無意識の期待と、淡い快感とで硬くなった頂を舌先でつつかれ、思わず背が跳ねた。

声を消して笑うシェネウフの熱い吐息がかかり、口中に含まれる。濡れた舌ですぐに包まれ、濃密な愛撫がはじまった。

「……は、ぁんっ、あ……んっ」

止めようとしても、声が漏れてしまう。

巧みに動く舌に翻弄され、羞恥も畏れも溶けていく。リイアはそっと手を上げて、シェネウフの髪に触れた。硬い髪の感触が指先に伝わり、それだけで下腹部がじわりと熱くなる。乳房に触れていた手が身体の曲線をなぞって落ち、腰骨を過ぎて太腿を優しく揉む。ドレスの裾がめくられた。

「王……、あ」

潜り込んできた手をはさむように太腿をこすり合わせると、シェネウフは腰の位置をずらして、下半身をリイアの足の間に割り入れてきた。大きく開いたせいで、自然と、ドレスの裾がずり上がる。

さらけだされた秘所を、乾いた大きな手のひらで包まれた。

「ああ……っ」

割れ目に沿い指先でなぞられ、リイアは声を上げる。そっと触れられただけなのに、爪先まで快感が走った。熱く潤ったそこがひどく疼き、たまらなくなってくる。

「……舐めていいか？」

尖った乳首から唇を離し、シェネウフが薄く笑う。

「これもいいが……、おまえの、ここも、舐めたい」

「あ」

指の腹で押されて、くちゅ、と濡れた音が小さく聞こえた。潜り込んだ指に上側の浅いところを掻くようにいじられ、鋭い快感が突き上げる。

「ああ……ッ」

「いいな？」

素早く身体を下げたシェネウフは、大きく割り広げさせた足の間に顔を埋めた。

「……ゃあっ、ああ——……ッ」

肉厚な舌で柔らかく愛撫され、ビクッと両足が跳ねる。

両手が無意識に、下腹部で絡まったドレスの裾を引き下げようと動く。その向こうにシェネウフの黒髪が見えた。はしたなく開いた足の間に。

黒い目が、リイア自身を見つめている——淫猥な光景に、全身が熱くなった。

「——……！」

目を閉じると、淫らに動く舌をよけいに感じ取ってしまう。濡れた音が鮮明に耳に焼きつき、秘所の疼きが増す。

濡れたひだの内側を、シェネウフの舌でさらにほころばされる。奥が引き攣《ひっ》るように収縮し、熱いものが溢れていく。リイアはたまらず腰をくねらせた。

「……あっ、あン、ぅン……ん、んっ」

強い快感で、涙が滲む。

頭の中が、おかしくなりそうだった。——おかしくなっている、きっと、もう。

相手が、シェネウフだからなのだろうか。王だから、こんなに……？

「ひっ、……ぁう……ッ」

鋭い刺激が、最後の思考も取り去ってしまう。快楽を生み出す突起を吸われて、リイアの腰が浮いた。

その反応に気をよくしたように、シェネウフは丸めた舌先でこすり、さらに、さらに、快楽を引き出そうとしてくる。

小刻みな舌の動きに煽られ、快感の波がとぎれることなく続き、やがて追い詰められる。

「ぁ、……ぁああ――……っ！」

リイアはかすれた嬌声《きょうせい》を上げ、全身を強張らせた。

秘所が熱く、ビクッ、ビクッ、と痙攣する。

ぎゅっと目を閉じ、詰めていた息を吐き出すと、あとはもう、荒く、短い呼吸しかできなかった。

「……いや、もう……っ」

なおも愛撫するシェネウフの舌から、必死で身をよじって逃げる。絶頂に達した後、ふくらみきったそこはあまりに敏感になっている。

「……おまえのここは、素直だな」

唇を離し、シェネウフは身体を起こした。熱く蕩けた秘所に指先で触れたまま、もう片手をリイアの頭の脇について、見下ろしてくる。

「余のすることに喜んでくれる。余を欲しいと、言ってくれる……」

シェネウフは、赤く染まったリイアの耳朶を唇にはさんでささやき、ひどく濡れてヒクつく入り口に、ゆっくりと指を挿入した。

「……っ」

リイアは唇を噛んで、その刺激に耐えた。

まだ終わりではない。シェネウフの欲望を受け入れる務めがある……。

だがそれを待ちわびるように、淫らな穴はシェネウフの指に熱く絡み、深く飲み込んで、蜜を溢れさせていく。

シェネウフは指に伝わる感触を楽しむように、いつまでも抜こうとしなかった。動きに合わせてリイアが反応するのを見下ろしている。

「リイア」

やがて甘い責めが終わり、ささやく声とともに指が引き抜かれた。

シェネウフは、腹部で丸まっていたドレスを取り去ると、膝に手を添え、さらに足を広げさせた。

「王……」

リイアがゆっくりと両腕を開くと、若者らしい笑みを浮かべてシェネウフが身体を倒してきた。その重みと熱が、快感だけではなく安堵も与えてくれる。筋肉の張った美しい背に手を回し、リイアは吐息をついた。

濡れて熱い入り口に、さらに熱い欲望があてがわれる。

太い先端をくぐらせ、シェネウフは深く身を沈めてきた。

「ああ……っ！」

痛みと、貫かれる悦びに、上擦った声が漏れる。

それを合図にしたように、シェネウフがかすれた声でささやいた。

「……動くぞ」

同時に突き上げられた。

声もなく仰け反るうち、敏感な入り口まで引かれ、また突かれた。何度も。何度も。それは抑えがたい欲望を持て余すような、激しく大きな律動だった。

やがてシェネウフの動きに合わせ、歓喜が熱を伴い湧き上がる。リイアは王の背であることを忘れ、爪を立ててすがりつき、喘いだ。

「あ、んっ、んっ、……ンん……！」

浅い呼吸の合間に、甘い声が上がる。

同じように呼吸を乱したシェネウフがふいに上半身を起こし、両手でリイアの膝裏を持って、ぐいと押し上げた。

「……ン……ッ」

リイアの腰が浮き、つながったままの下半身に余裕ができて、抜き差しは大きく、ゆっくりしたものになった。

くちゅ、くちゅ、と濡れた音も大きくなる。

王を挟み、足を大きく広げた自分の痴態を見ていることができなかった。しかし顔を横向けて目を閉じると、感覚が鋭敏になり、自分の中にある王の怒張をはっきり感じてしまう。

「……あ……ーっ！」

ずず、とゆっくり引かれるその太い先端に刺激され、大きな声が漏れそうになった。

口元に手を当て、無意識に指を嚙んでこらえると、ふとシェネウフの動きが止まり、するりと片足が落とされる。

「リイア」

握り込むように手をつかまれ、リイアは目を開けた。顔をしかめたシェネウフが、じっと見下ろしていた。

「だめだ、声を聞かせろ」

「え……？」

「気持ちがいいと、ちゃんと言え」

「そ、……そんな……」

「言えぬか？」

シェネウフはリイアの手を広げさせ、指を絡めるようにして握り直す。

「では、せめてよい声で鳴け」

「あ……！」

ぐ、と腰を進ませ、シェネウフは自身を深く挿し込んできた。すぐに力強く律動がはじまり、リイアは細い身体を魚のようにしならせた。

「あっ、あぁ、……ッ、ン……は、ぁっ……！」

とめどなく、声を上げてしまう。自由なほうの手でまた口元を押さえようとすると、それもまた膝裏から放したシェネウフの手につかまれた。

指を絡めて握った両手を、リイアの頭の脇で縫いとめるように寝台に押しつけ、シェネウフは笑った。

「だめだぞ。声を出せと、言ったはずだ」

「そ……、あっ……王……」

「聞かせろ」

リイアの両手を縛めたまま組み敷き、シェネウフは情熱的に腰を使う。

強い刺激にぶるっと身をふるわせ、リイアは甲高く声を上げた。与えられる快楽に、抵抗できなかった。蜂蜜のようにとろりとした甘い水に溺《おぼ》れている気がする。

「お、王……っ、あ、もう、……ああっ」

絡められた節の太い指を握り返し、リイアは頭を振った。滲んだ涙が目尻からこぼれる。

「……もう、あ、あっ、ン……ッ、も、もう……！」

「もう？　もう、なんだ？　リイア？」

欲を含んでかすれた声にそう問い返されたが、歓喜を生む動きはなお激しく、リイアをさらに高みへと容赦なく押し上げていく。

「いっ、いやぁ、……ああっ」

「いやか？」

吐息をつくように笑い、唇を寄せてリイアの涙を舐め取ったシェネウフは、ゆっくりと両手を放した。

「あ……」

解けた指をぎこちなく開きながら、リイアは王の背に腕を回した。

手のひらに伝わる熱い体温が愛おしく、ぎゅっと力を込める。それだけでは足りず、隙間を埋めるように身体を起こし、胸を重ねてすがりつく。

「……シェネウフ、さ、ま……っ！」

かすかな声で呼ぶと、シェネウフは驚いたように強張らせていた身体をふるわせ、リイアを抱き返してきた。

「リイア……！」

口づけられたまま、寝台に押しつけられる。

開いた唇から舌を差し込まれ、応えるとすぐに絡んで強く吸われた。それでも足りない、と言うように、シェネウフは顔を傾け、深く口づけてくる。

背に回された腕が解けない程度に身じろいだシェネウフが、リイアの乳房を手のひらで包んだ。柔らかさを味わうようにこね、硬くなった乳首を手のひらのくぼみで撫でる。

「ン……ッ」

思わず、シェネウフの背に爪を立て引っ掻いてしまった。しかしシェネウフは気にするふうもなく、むしろ愛撫を強めてくる。

リイアの背に回されていたシェネウフの手が下がり、すくうように腰を浮かされた。ゆるやかだった律動がまた力強く、激しくなっていく。

呼吸の苦しさに顎を上げると、唇が離された。大きく息をついて、リイアは快感に潤んだ目を向けた。

「お、王」

泣きだす直前のような声音で、リイアは言った。

「……おかしく、なりそ、う、です……っ」

「余も、おかしく、なりそうだ……！」

シェネウフはリイアの顔の脇に額を押しつけるようにして頭を伏せ、腰の動きを速めた。

「あ――……っ！」

目も眩むような歓喜の波に襲われた。つながったところから一気に、痺れるような感覚が全身を貫いていく。その強烈な快感に、リイアは仰け反ったまま身体を強張らせた。

「……リイアッ、リ……イ、アッ……！」

すぐに詰まった声を上げ、シェネウフもまた自身を解き放った。


「……王？」

荒い呼吸が落ち着くのを待って、かたわらで仰向けになったシェネウフを覗き込むように、リイアは頭を上げた。

「なんだ……」

汗の浮いた額を手の甲で拭い、シェネウフがうっすらと目を開ける。

――眠そう。

リイアの胸にふと、温かいものが生じる。シェネウフがときおり見せる少年の顔は、王という近寄りがたさとの落差のせいか、ひどく可愛らしい。

日に焼けた頬にそっと触れる。――このまま眠ってほしいのに、と思い、胸に寂しさが満ちた。

シェネウフはどんなに遅くなっても、リイアの隣で朝を迎えることはない。この館は、王の起居するところではないのだ。

「……なんだ、リイア？」

ふたたび問い返され、ぼんやりしていたリイアはハッとした。

「あの、……覚えていらっしゃいますか？」

「なにをだ」

「わたしは、この館に入ったことがあります。子供の頃」

「なに？」

シェネウフは身体を横にし、リイアを見上げて先を促す。

「十年ほども前のことです。女王と……」

シェネウフは「女王」の一言で、ムッとしたように眉をひそめた。

不機嫌な様子に怯んだが、リイアは聞いてくださいと哀願するように、汗ばんだシェネウフの肩にそっと手を置く。

「そのとき、お会いしました」

「余に？　おまえが？」

「はい」

知らず、口元に微笑が浮かぶ。

「王は窓の外にいらっしゃいました。でもすぐに入ってきて、わたしを見て……」

「見て？」

「……ヘンな色の目だと」

シェネウフは目を見張った。それからゆっくりと視線を逸らし、戸惑うようにつぶやく。

「そんなことを、言ったか……？」

「おっしゃいました」

「覚えていない」

肘を突いて頭を起こし、反対の手でリイアの身体を引き寄せると、シェネウフは抱え込んだ黒髪に唇を寄せた。

「……おまえの、気のせいだ」

「ほんとうに、そうおっしゃいました」

「気のせいだ」

「…………」

「黙るな」

「でも、ほんとうに王は——」

「ああ、いい。やはり黙っていろ」

シェネウフはリイアを抱えたまま仰向けになり、首を伸ばして口づけた。触れただけですぐに音を立てて離れた唇を追うように、リイアは唇を尖らせる。

「……ずるい」

「なにか言ったか」

「いいえ」

「そうか。なにか言ったら、また黙らせてやる」

「まあ、王……」

「言ったな？」

リイアの顔を上げさせ、口元に淡い微笑を浮かべたままシェネウフは、高い音を立てて口づけた。目を丸くするリイアを見て大きく笑い、また横になる。

リイアは、シェネウフの胸の上にそっと頬を当てて目を閉じた。

覚えていてはくれなかった。――そのことは、少し悲しい。けれど全身が浮くような、奇妙な幸福感がそれを払ってしまう。

このくすぐったい気持ちをどう扱えばいいのか、わからなかった。

頬のすぐ下で、シェネウフの心臓の音が聞こえた。とくん、とくん、と伝わる力強い鼓動が、とても貴重なものに思える。

朝を待たず、王はこの館から出ていってしまう。わたしをここに閉じ込めて。

けれどせめていまは、重いと言われるまで、どけろと言われるまで。

——こうしていよう……。

◈◈◈

館には、大量のパピルスを収めた書庫がある。それをなぞるようにして読むのが、ひとりで過ごすリイアの日課になりつつあった。

書庫は半地下になった手狭な部屋だが、壁一面に貴重なパピルスや石版が並べられ、シェネウフのために用意されたものとしては、十分すぎる容量だった。

こまかい砂と埃《ほこり》を被ったそれらをひとつひとつ手に取り、指先で汚れを拭う。天井と壁の隙間から差し込む日射しに、きらきらと塵《ちり》が光った。侍女たちも、ここまでは掃除をしていかないのだ。

リイアは迷いながら、いくつか巻物を取り出していく。

すでにもう、かなりの数を読んでいた。部屋に持ち帰るものを選ぶために、一枚のパピルスを広げて、かすれはじめている文字の最初を読む。

神々の逸話のひとつ、アセト女神の物語だった。その兄にして夫たるウシル神との悲しい恋を描いている。

文字を追う指を止め、パピルスを離して全体を見下ろした。そこには、美しく細密な絵も添えられていた。文字を囲うようにイチジクの木が書き込まれ、四隅には神々の似姿がある。

「……？」

黄金の椅子の形をした冠《かんむり》を頂くアセト女神の絵の下に、書き加えられた文字があった。

指をずらして、顔を近づけた。

『我が心臓を握る御方。アンセヘレト王女』

物語の文字に比べ、墨が新しい。しかも聖刻文字ではなく、それを崩した草書体《ヒエラティック》で記されている。

「アンセヘレト……」

つぶやいて、気づいた。

それは女王メデトネフェレトの誕生名だった。

即位するときに王は新たな名をつける。神々と並び立ち、神殿の壁に、石碑に、あらゆるものに刻むにふさわしい名を。業績を誇り、永遠に讃えさせるために。

だから女王も、アンセヘレトという名を変えたのだ。

「だれが……いったい……？」

なぜ、こんなところに——指先でそっと、綴《つづ》られた名をなぞる。

ここにあるパピルスはすべて、シェネウフが少年の頃に教材として使われたもののはずだった。

シェネウフが書き込むはずはない。削ることはあっても、名を書き込むなど彼はけしてしないだろう。まして即位名ではなく、誕生名だ。

それに、草書体は幼い手跡ではなかった。手馴れた、美しい字。

「アンセヘレト王女……、メデトネフェレト様」

指がふるえる。

だれであろうと、かまわなかった。

偶然に見つけたこれが、この名が、亡き女王の遺志に思える。

——あの子に、
ふるえる手から、ぱさりと乾いた音を立てて、パピルスが床に落ちた。

——リイア、伝えてね……。


ひとりきりの寝台で目覚めたリイアが手早く身支度を済ませる頃、料理を抱えて侍女たちが館にやってくる。

相変わらず口を利くことはなかったが、いつも同じ顔ぶれの侍女たちを、リイアも自然と覚えていた。

しかしその日、三人のうちのひとりだけが違っていた。

ふっくらした頬をした娘で、歳は十六か七ほどだった。彼女はするべきことを心得ていないのか、これまでの侍女と違って動作が鈍い。それに、リイアが不快に思うほどに、じろじろと遠慮なく見てきた。可愛らしい顔に似ず、きつい目つきで……。

夕刻間近になると、侍女たちは帰っていった。

扉まで見送り、去っていく彼女らの青いタイルの小道に伸びる影を見つめ、寂しさとともに吐息をつき視線を上げる。

周壁の向こうの夕空は、不吉なまでに赤い。また夜が来る。太陽神が地下に潜り、怪物を退治するための夜が……。

今夜の訪れはあるのだろうかと、不安になる。

王には王の務めがあるのだ。毎夜、やってくるとは限らない。

昨夜は来なかった。――今夜も来なかったら？

もし、明日も来なかったら……？

女王の言葉を、王に伝えなくてはならないのに――焦燥感に駆られながら思う。

けれど、言えるだろうか？

女王への憎しみが溶けたとき、王はわたしをどうするのだろう、と心が重くなる。

初めて抱かれたあと、妻にすると言われた。女王の言葉を伝えても、ずっとそばに置いてくれるかもしれない……、と利己的にそう思う端から、王は混乱していたのだ、あれは情事後の余韻が言わせたものなのだと戒める。

王は、あのとき以来、妻にするなどと口にしていないのだから。

——もしかすると、わたしにはもう飽きたのかもしれない……。

「……ッ」

ふいに強く、胸が痛んだ。飽きられたのだとそう思っただけで、石でも飲み込まされたように身体の奥が重く、冷えていった。

赤い空から目を落としたそのとき、庭の奥から聞き慣れない大きな音が響いた。

不安だけがふくらむ物思いから覚め、リイアはあたりを見回した。

音は続き、次第に大きくなっていく。ドスッ、ドスッ、と、小麦の詰まった袋を叩くような音だった。

足音がそこに重なったと気づいたときには、視線の先に、庭園に植えられた白い枝を伸ばすイチジクの木をかいくぐり、人影がまばらに飛び出てきた。

「——！」

本能的に、逃げなければ——と警告が頭の中に響いた。しかし痺れたように足が竦み、動かない。

人影は五人ほどもいた。いずれも深く頭から白い布を被り、体まで覆って姿を隠している。

しかしその合間から剣が見え隠れし、夕刻の赤い光を不気味に弾いて目を射た。

「なに……？」

リイアは呆然《ぼうぜん》とつぶやいた。その言葉を合図にしたようにひとりが駆け寄ってくる。あっという間に、腕をつかまれていた。強い力だった。頭から被った布の下の顔はまだ若く、日焼けしている。

石のように冷たい黒い目に見下ろされ、頭の隅に、以前、同じように扱われたことが過ぎる。

——兄に頼まれた者なのだろうか？　ここから、逃げろと？

ふと、シェネウフの顔が浮かんだ。あのとき彼は怒っていた。そして、どこか苦しげで、悲しそうだった。

——また逃げたと知ったら、王は……。

リイアの心が激しく軋む。

「は、放して……！」

かすれた声を上げたそのとき、腹部に衝撃を感じた。激痛とともに息が詰まり、視界が暗くなる。

倒れていく身体を担ぎ上げられた。

「急げ！」

くぐもった声が間遠くなり、なにもわからなくなった。

……重く、なにかが這いずっているような音がする。

ぼんやりとリイアは思った。——石を、動かす音だ。

「……っ」

突き飛ばされたような感覚とともに、パッと瞼が開く。自分が目覚めたことを理解したが、目に映るものはただ暗闇でしかなかった。

恐怖が突き上げてきた。兄がそうであるように、わたしも……？

リイアは弾かれたように身体を起こした。とたん、腹部に強烈な痛みが走る。呻《うめ》きながら身を縮めて押さえ、殴られたのだと思い出した。

しかしいまは、痛みよりも恐怖が勝った。リイアは必死に、灯りを求めて見開いた目をさまよわせる。

遠くに、細長い光が見えた。——見える！　何度も瞬き、確認する。外から差し込んでいる光だった。

しかし、ズ、ズ、と石を動かす音とともに、その光がさらに細くなっていく。

「……待って！」

リイアは立ち上がり、駆けだした。すがるように手を伸ばし、重い扉を叩く。

「閉めないで！」

声を放つと、黄味を帯びた光を遮って影が揺れた。

「……まあ、起きたのね、気の毒なこと」

若い女の声が聞こえた。

「開けて！　なにをするの!?」

細い隙間に向けて、声を限りに叫ぶ。しかしその応えは、甲高い笑い声だった。

「――だめよ」

女は笑いを収めて言った。

「これはね、王のご命令なの」

「……え」

「王が、あなたをここに閉じ込めるようにおっしゃったのよ。――ここがどこか、わかる？」

扉に手を突いたまま、リイアはおそるおそる、背後に目をやった。

目が慣れたのか、闇が透かし見えた。それほど広くはない。天井を支える円柱がぐるりと四方を囲み、中央あたりが一段、高くなっている。そこになにか、大きな箱状のものが置いてある。

――ここは……。

リイアはこくりと唾を飲んだ。まさか、と思ったとき、香の匂いに気づいた。蓮の花のような甘いものではなく、脂《あぶら》のような臭《にお》いだ。

「わかった？」

笑いを含んだまま、扉の向こうで女が続ける。

「女王メデトネフェレトが眠る神殿の地下よ」

「そんな……」

「嬉しいでしょう？　あなたがお仕えしたお方といられるのだから、王に感謝しないとね」

「王が？」

手がふるえた。――わたしを、ここに……？

ふたたび動きだした石の扉を、無駄と知りつつ必死に押し返しながら、リイアは重ねて問う。

「王が、わたしを、ここに？」

「そうよ」

女ははっきりと答えた。

「あなたは女王のおそばにいたいだろうから、同じように干からびるまで、ここにいさせろと。……光栄なことね？」

細い隙間の向こうにふと、女の顔が見えた。まだ若い。リイアよりも二、三歳ほど下の、ふっくらした頬の娘だった。きつく濃く墨で縁取った目……。

リイアは、「あ」と声を漏らした。

昼間、館に現われた新しい侍女だった。粘つく目で見ていた娘。

──王の命令で、わたしを見張っていたから……？

「さようなら、あなた」

娘はくすくすと笑った。光が細くなっていき、その顔が見えなくなる。

「待って！　お願い……！」

懇願を弾き返し、扉はぴたりと閉じられた。完全な闇がリイアを押し包む。

「開けて、開けて！」

反応はなかった。硬い扉を叩く音だけが、暗闇に陰々と響く。

「開けて……っ」

肩で荒く息を継ぎ、リイアはその場に崩れ落ちた。

伸しかかるような暗闇の中、全身がふるえて止まらない。

女王メデトネフェレトの遺骸は、永遠に形を保つための聖なる処理をされ、王宮内部にある神殿ではなく、離宮に付属する神殿の地下に収められている。死した後も、王宮に入ることをシェネウフは許さなかったのだ。

遺骸を置くこの部屋に出入りするのは、神殿に仕える「神秘の監督官」と、その配下の神官たちだけだった。しかし水分を抜くための段階になっているのだとしたら、このまま放置される。四十日の間、乾燥させる粉に漬けるために。

扉に触れたまま、リイアは振り返った。

黒く塗りつぶされなにも見えないあの奥に、女王が眠っている……。

「メデトネフェレト様……！」

両手を掲げ、その場に平伏する。

お許しくださいと、その謝罪は声にならなかった。

——わたしは、あなたに託された言葉を伝えることを、怠《おこた》りました。

その報いがこれなのだと、慄きながら思う。

身体だけではなく、心まで押しつぶすように闇が伸しかかり、リイアは身体を丸めて泣きだした。


剣の稽古は物心ついたときから続けている。

鍛えるためもあったが、単純に身体を動かすことが好きだった。それが剣であったのは、王として求められる強さを表すのに最適なものだからだ。

「ナクト将軍、今日はこれまでにしよう」

顎からしたたり落ちる汗を手の甲で拭って言うと、黒い肌をした将軍は頷き、剣を下ろした。涼しい顔をしている。

「次は、焦らせてやるぞ」

近づいた侍従に自らの剣を渡し、シェネウフは笑う。

「参りました、と言わせてやる」

「近いうちにそう言わざるを得なくなりそうです。王はここ最近、動きに余裕ができて、お強くなられましたから」

「そうか。では、次が楽しみだ」

「はい」

ナクトも笑い、赤と金色の光に包まれた夕刻の中庭に響く。

剣の稽古を終えたシェネウフは、いつものように湯浴みを済ませ、午前中に指示したことの確認など、執務の残りを片づけた。

ブーネフェルが訪れたのは、食事も終え、着替えているときだった。

筒型の王冠から、太い縞柄のネメスへとつけ替えさせ、お気に入りの黄金の装身具を眺めるシェネウフに、宰相は軽く頭を下げる。

「王よ、お話がございます」

「なんだ」

シェネウフは逸《はや》って促す。着替えが済んだら、すぐに館に行くつもりだった。昨夜は使者をもてなす宴のために外せず、リイアの顔を見ていない。

しかし、ブーネフェルが、ここまで足を運ぶのはめずらしい。

「まだなにか、残っているか？」

急《せ》かしながらも、そう重ねて問う。

「軍備のことなら、もう変えるつもりはないぞ」

ネメスをつけ終えた侍女が離れ、シェネウフは立ち上がった。装身具には、ハルゥ神の鷹《たか》の頭部が中央についたものを選んで、自ら腕に嵌める。黄金細工の工房で監督官を務める男が、以前、シェネウフのために拵えたものだった。

「いえ、違います。先日のご提案のことです」

腕を上げてお気に入りの逸品を眺める王の様子を窺いつつ、ブーネフェルは低く言った。

「……あの娘を、わたしの養女にとのことでしたが」

「ああ、そうだ」

シェネウフは頷く。

「おまえの養女にすれば、王妃に迎えられる。おまえは王妃の父として、余の信頼を内外に示すこともできよう」

シェネウフは、頼りないリイアの身辺を憂い、もっとも信頼するブーネフェルの養女にしようと話を進めていた。宰相の養女となれば、王妃の地位を授けても非難されることはない。

「よい考えだろう？」

「王よ」

ブーネフェルは深々と頭を下げる。

「その件は、なにとぞお許しを」

「……なぜだ？」

不快さに、シェネウフは眉をひそめた。断られるとは思ってもみなかった。

次第に腹を立てながら、ずかずかと歩み寄る。

「なぜだ、ブーネフェル。我が宰相よ」

「わたしにはすでに娘がおります」

「……ミアンか」

束の間、目を泳がせて、シェネウフはブーネフェルの娘を思い出す。ふっくらした頬をした愛らしい娘だったが、脳裏に浮かぶその細部はおぼろげた。

「ミアンは、ミアンだろう。余が望むのは、リイアだ」

「王よ」

ブーネフェルは顔を上げた。

「わたしは、たしかに娘を王妃にと望んでまいりました。ミアンをおそばにつけたのも、そのためです。養女を代わりにするつもりはありません」

「……」

「王が寵愛する者を、わたしの養女にさせるお気持ちは察しております。ですが、わたしはこれ以上の権力は望みません。ただ、娘のことを案じるばかりでございます」

「ミアンが、どうかしたのか？」

シェネウフは聞き返しながら、そういえば近頃ミアンの姿を見かけないと思った。以前はうるさいほど近くに侍《はべ》っていたのだが……。

「自室にこもり、嘆いております」

「……そうか」

「女王が愛した娘を、あなたは憎んでおられた。お気持ちが変わったのは仕方がなくとも、王妃として冊立《さくりつ》するのは如何《いかが》かと。妻のひとりならばともかく、王妃は別の者をというのが、宰相としての進言でもあります」

「余に、愛してもいない女を王妃として敬えと申すか！」

「神々の御前にともに立つ女性です。偉大なる王の妻として、民も尊敬できる相手を選ぶべきでしょう」

「――」

シェネウフは奥歯を嚙み締めて、宰相の苦い言葉を聞いた。

愛する女にこそ、王妃の地位を授けたい。とくに、王と並び「偉大なる」と称される第一王妃には。そして、それはリイアだけでいい……。

だがまだ、自分の意思だけでそれを貫けるほど、シェネウフは権力を集中させてはいなかった。その自覚があったので、激した気持ちを飲み込んで頷く。

「……考えておく」

「ありがたいお言葉です」

「話はそれだけか」

「はい」

「では、行く」

シェネウフはブーネフェルの脇を擦り抜け、足早に部屋を出た。見送る視線を感じたが、振り返りはしない。

リイアに会いたい気持ちが高まっていた。昨夜は会えなかったのだ。顔が見たい。話がしたい。細くしなやかなあの身体を抱いて、心ゆくまで愛したい。

一刻も、早く。

……しかし王宮を出て、周壁で囲われた館へと足を運んだシェネウフは、リイアの不在を知る。

周壁の門を守る衛兵数人が何者かに襲撃され、場には混乱が生じていた。

夕刻を過ぎ、すでに空は暗い。かがり火が焚かれたそこで、衛兵隊長がシェネウフの足元に平伏して、事を報告した。

賊が入り込み――館に住む娘を攫《さら》い――行方《ゆくえ》がわからず……。

それらの言葉を切れ切れに理解しながら、シェネウフは激情に全身をふるわせた。

――リイアが、攫われた……。

「探せ」

しかしその声音は、むしろ落ち着いたものだった。

「攫った者を探して、ここに連れてこい」

低い声に、その場にいた者たちの心臓が縮み上がる。彼らは素早く、あたりに散った。

残されたシェネウフは、ふるえるこぶしをきつく握り締めたまま、食いしばった歯を鳴らした。

怒りと、不安と――得体の知れない黒い感情に胸の奥が蝕まれていく。

攫われた、と報告された。……だが、本当だろうか？

リイアは一度、逃げようとした。だからこの館に閉じ込めた。

シェネウフは、多くのかがり火に照らされて浮かび上がる、小さな館を見つめる。

――ここで幾夜も抱かれながら、リイアはなにを考えていたのだろう？

自分のものにすれば、それでいいと思っていた。自由を奪い、身体を抱いて。……それで、自分のものになったのだと。

しかしはじめて、リイアの心を知りたいと思った。

もし、自ら館を出ていったのだとしたら……。

「……よこせ！」

シェネウフは背後に控えていた兵士の手から松明《たいまつ》をもぎ取り、あたりを照らして歩きだした。

「必ず見つけ出してやる、リイア……！」

五章

時間の経過がわからなかった。

扉近くに座ったまま、リイアは自分を抱くように腕を回し、身を縮めていた。

砂漠にはさまれた国土では、昼の暑熱が幻であったかのように夜は冷える。まして地下で、石造りの部屋は凍えるように寒かった。

──女王のおそばで、死ぬ？

そう思って、リイアはふるえた。

女王は許してくれないだろう。ついにその真実を伝えることなく、ただ王に抱かれていた自分を、汚らわしく思っているだろう……。

「……ッ」

鼻の奥が熱くなり、ズキッとが痛みだす。

──王よ、と言った女の声が耳によみがえった。扉を閉じた女は、はっきりとそう口にしたのだ。──王がここに閉じ込めるように命じた、と。

リイアはたまらず、目を閉じて泣きだした。何度目かわからない。泣きすぎて頭が痛い。それでも絶望で胸が痛み、涙は次から次へと溢れ出る。

王宮に呼ばれたのは、憎しみをぶつける対象を求めたからだ。わかっている。けれども王はいつか自分を欲して、館に閉じ込めた。

熱い腕を、胸を、唇を——王のすべてをありありと脳裏に描いて、リイアは自らを嫌悪する。あのたくましく美しい身体に抱かれてよがり、すがりついた。そんな自分を見下ろして、王は嗤《わら》っていたのだ。どのようにして懲らしめようかと、きっと考え続けていたに違いない。

そしてそれは成功したのよ、とリイアは思った。

こんなにも苦しく、こんなにもつらいのだから……。

地下に降りる船に乗せられ、怪物に喰われたほうがマシだった。心臓が痛くてたまらない。痛い。痛い。いっそ、本当に、喰われてしまいたい……！

「……王、よ……」

だがそれでも、王を憎む気持ちなど、どこを探してもなかった。

——わたしは、浅ましい。

王が憎しみで凝ったままでもよかった。そばに置いてほしかった。

つらい仕打ちをされても、ただそばに……。

孤独な、哀れな王。

女王を憎むシェネウフは、少年時代に負った傷から癒されていない。だからはじめは、それを癒したいと思った。女王の真実を知るわたしができることをしてあげたいと。憎まれたまま抱かれてもいいと。

だが……。

いつか、王の訪れを心待ちにしていた。リイア、と呼ばれて心がふるえた。熱い身体に抱かれ、愛撫を受け、繰り返し求められて、すべてを忘れた。

子供のような王。子供のような――けれど美しく、たくましい王。

寂しかった少年の顔を思い出すたび、胸が疼いた。わたしだけが知っていた王の顔。寂しくて、寂しくて……。

「……」

わたしもそうだったのだと、リイアは気づいた。

寂しかった。

だからあんなにも激しく求めてくれ、心の奥底でどれほど嬉しかったか。

王を慰められるなら――と思ったことなど、ただの欺瞞《ぎまん》だ。求められたかった。愛されたかった。抱かれてそれが叶うならと、計算したのだ……。

――けれど、このような結末を迎えるなら。

しかも一息に命を奪うでもなく、亡き女王の棺とともに閉じ込めるという、より残酷なやり方で。

「……うっ」

顔を覆って、リイアはしゃくり上げる。自分の心を認めることはつらかった。認めても、より苦痛を感じるだけだ。

――いまさら――いまさら……そのことに気づいたところで……！

あの熱い腕を知った後に捨てられるなら、知らなかった昔に戻り、その場で命を絶たれたほうがよかった。

生きながら心臓を喰われているような、こんなことには耐えられない。

「……」

腕を回してきつく自分を抱き締め、冷たい扉にもたれかかる。もう考えることにも、嘆くことにも、疲れた。

寒かった。ひどく、寒い……。

――そしてまた、どのくらい時が経ったのか。

ふと、リイアは目を開けた。

もたれた扉の向こうで、かすかに人の声がする。人の声と、物音が。

「神秘の監督官」が足を運んだのだろうか？　女王の遺骸を納めた、この地下に。

「あ……、だれか……」

声がかすれて、うまく発せない。

めまいがする。暗闇が形を取って圧迫しているように、ひどく頭が重い。膝がふるえ、立つことさえできなかった。

「助けて……」

そのとき、ズッ、と重く引きずる音を立てて、扉が開いた。白い光が筋になって差し込み、暗闇が割れる。

あまりの眩しさに、リイアは目を覆った。開いていく扉に合わせて、もたれていた身体が傾いていく。起き上がる力もなく、扉に引きずられるようにして床に倒れる。

「――リイア！」

声が響いた。

力強い手に腕をつかまれて、引き起こされる。目をしばたたいた。まばゆい光のせいで、顔が見えない。

「しっかりしろ！」

夢だろうか――リイアは目を閉じる。

――なんて浅ましい夢。わたしを捨てた王を、まだ求めているなど……。

ふいに息苦しさを感じた。熱い腕に抱き竦められていると、一拍遅れて気づく。ぴたりと密着した肌は汗ばんで、鼓動が速い。

「こんなところに……！　なんということだ、なんて冷たい……」

王の声が間近で聞こえた。間違いない。この声を耳元で何度も、何度も、聞いた。おまえが欲しいと。余のものだと……。

「……王？」

ゆっくりと手を上げて、触れた。温かい。幻ではない。

「しっかりしろ、すぐに出してやる！」

シェネウフは軽々とリイアを抱き上げた。

地下に差し込む光は、かがり火や松明などではなかった。いつの間にか夜が明けていたのだ。階段のはるか上から、清浄な光が差し込んでいる。

——太陽神は地下の怪物を倒し、今日も世界はよみがえったのだ。

光に向かって進むように、シェネウフは階段をのぼっていく。


リイアの高熱は続いた。

閉じ込めていた館ではなく、自分の目の届く王宮の寝室で介抱させているシェネウフは、頻繁に足を運んでその様子を見守った。

リイアを拉致《らち》した下手人《げしゅにん》は兵士らによってとらえられたが、拷問にも口を割らなかった。

背後関係を調べるため、とくに信頼しているナクト将軍に命じ、さらに追及させている。

苛々しながら報告を待っていたシェネウフのもとに、リイアを診《み》ていた医師からの知らせが届いた。

意識を取り戻したという。

夜になっていた。シェネウフは慌しく寝室へと駆け込んだ。

リイアは巨大な黄金細工の寝台で眠っている。枕元に立てた燭台の、細い火の揺らめきが、斜めに青白い顔を照らしていた。眉を寄せ、苦しそうにも見える寝顔に、胸が疼く。

「リイア……」

つき添っていた医師と侍女を部屋から追い出し、寝台の縁に腰を下ろしたシェネウフは、その小さな顔に手を添えた。

手のひらの熱さを嫌がるようにビクリと瞼が動き、開いた。

リイアの目は薄い色をしている。緑色を滲ませた琥珀のような綺麗な色だ。

何度も間近で見ていたのに、シェネウフは胸を突かれた。昔からこの色を知っていた気がする——しかし形を取る直前、リイアが口を開いて記憶が散らされた。

「王……？」

熱で潤んだ目は、かすかに揺れている。化粧は落とされていたが、美しさに変わりはない。むしろ憂愁《ゆうしゅう》を増した美貌に、心がざわめく。

こんなときだというのにふと欲情を感じて、シェネウフは喉を鳴らした。

「……具合は？」

ごまかすように訊ねると、リイアは口元に笑みを浮かべた。

「夢をたくさん、見ました」

「夢?」

「たくさん……、王が、わたしを――」

ふいに言葉を飲んで、リイアは唇を慄かせた。

両手で顔を覆い、身を縮めるようにしていきなり泣きだした女に、シェネウフは狼狽《ろうばい》し、おそるそおる手を伸ばす。

「泣くな……」

一筋の光も差さない暗く冷たい地下に、一晩中閉じ込められていたのだ。どれほど不安で恐ろしかったろうか。

リイアが逃げたのではないかと疑った自分への後ろめたさもあり、シェネウフの胸に、より硬く、冷たい怒りが湧き上がる。

「……おまえを連れ去って閉じ込めた連中には、報いを受けさせる。苦しみを与え、殺してやる」

慰めるつもりでかけた言葉だったのに、ギョッとしたように顔を上げたリイアの目に、悲しみが浮かんでいた。

「そんな……、そんなことをおっしゃらないでください」

「なに？」

「わたしごときのために、人を殺すなど」

「おまえのためではない！」

カッとして、シェネウフは声を荒らげる。

「おまえは余のものだ！　王のものを勝手に扱って、許されると思うか！」

大声に竦んだリイアだったが、やがて身体を起こした。

涙で濡れた目に見つめられ、シェネウフは視線を逸らす。余のものだ、と口にしながら、心は怯えている。リイアは自分を憎んでいるだろう。館に閉じ込め、強引に抱き、さらにはこんな苦痛を与えられ……。

「王よ」

指先が頬に触れた。頑《かたく》なに視線を逸らし続けていると、覗き込むように首を傾げ、リイアが視界に入ってくる。

「わたしは、あの暗闇の中で自分の心を知りました」

「心……？」

視線を合わせると、リイアは自分の胸元に手を当て、小さく頷く。

「真実は、この心臓の上に。……わたしは、あなたを愛しているのです」

呼吸を止めて、シェネウフはリイアを見つめた。

聞き返したいのに、舌が回らない。鼓動が速くなって、胸が苦しくなる。顔が熱い。熱くて、たまらない。――愛していると、たしかに言った……。

「王がわたしを捨てて、あの地下に閉じ込めたと思ったのです。救いに来てくださるまで、そう思っていました。暗闇よりも、寒さよりも、恐ろしさよりも……、あなたにいらないと思われたことが、とてもつらかったのです」

「……余が、なぜ、おまえを――」

喉に絡む声を絞り出しながら、シェネウフは細い肩をつかんで引き寄せる。

リイアは逆らわず、身を預けてきた。ゆっくりと力を込めて抱き締めると、その柔らかさに胸が疼いた。

「リイア」

王らしからぬ声音だった。自覚しながら、それでもシェネウフは重ねて呼んだ。

「リイア、リイア……！」

抱く腕に、さらに力を込める。壊れてしまいそうなほどに細く頼りない身体が、ひどく愛おしかった。

手をうなじに回し、リイアの顔を上向かせる。

潤んだ目。めずらしい、綺麗な色の目。――そこに自分が映されていることに満足と喜びを感じ、たまらずシェネウフは口づけた。

「……ン」

鼻にかかった甘い声に、下腹部が反応する。

角度を変えて深く唇を重ね、口腔の奥に反射的に逃げようとする舌をとらえて吸い上げる。

背に回されていた指先で肌を掻かれた。そのわずかな痛みさえも心地よい。

舌の裏側を舐め、擦り合わせる。

「や、ぁ……」

かすれた声を上げ、リイアの頭が離れた。それを押さえつけ、深く、もっと深くと、舌をねじ込む。

上顎を舌先でこすると、リイアはいつも耐えられないように身をよじりはじめる。ここが弱いのだと、シェネウフは知っていた。

唇を重ねながら、細い身体を手でまさぐる。乳房に触れると、ぴくりと弾かれたように反応した。熱のせいで敏感になっているのか、頂はさらに硬く尖って、薄いドレスの布越しに赤く色づくのが見えた。

シェネウフは昂ぶりはじめた自分を制し、唇ごとリイアの身体を離した。

「……王？」

「まだ熱がある、今夜は、休め」

「……」

リイアは片腕を回して自分を抱き、頭を垂れた。こまかく全身がふるえている。

――熱が上がったのだろうか？　不安になって手を伸ばし、リイアの耳の下に触れた。

「あ……」

途端、ビクッ、と過剰に反応された。切なそうに眉を寄せて見上げる目が潤み、頬が紅潮して、唇が濡れ光っている。

「王よ――あの……」

リイアはゆっくりとまた目を伏せた。長い睫毛《まつげ》の影が落ちる。

「……なんだ？　言え、リイア。言ってくれ……」

「あの……」

ふたたび見上げてきた薄い色の目が、不安とも違うなにかの感情を示して揺れている。

日に透かした琥珀の珠のように美しい色……。

シェネウフの胸がチリッと小さく痛んだ。

――ヘンな色の目だ！

少年の声が頭の中に響いて、先程散った記憶が戻り、しっかりと形を取る。

言葉を知らずそう言ってしまった幼い自分を、傷ついた顔で見上げていた少女……。

そうか、とシェネウフは胸中でつぶやいた。――余は、おまえに会っていたのか。

「リイア」

伝えきれない想《おも》いを込めて名を呼び、細い身体を抱き締める。

「王……」

リイアはたまらなくなったように腰を浮かし、腕を開いてすがりついてきた。首に回された細い腕に力がこもり、耳元に寄せた唇から熱い吐息とともに、言葉が吹きつけられる。

「抱いてください……！」

「――」

シェネウフの理性が弾けた。

気づいたときには女の身体から、ドレスを引き裂いていた。ビ……ッと破れるその音で我に返ったように、リイアが驚いて手を放す。

「王、あの、待って……、あ」

ドレスを取り去ると、リイアは慌てて乳房を隠した。その交差した腕の下に、青黒い痣《あざ》がある。

「……なんだ、これは」

指先でそっと触れると、痛むのか、リイアはびくっとふるえて顔をしかめた。

「連れ去られたときに……、あの、それより」

「おまえに手を上げるとは……、奴ら、生かしておかぬ！」

「王よ」

怒りを宥《なだ》めるつもりなのかどうか、リイアは腕を組んだままそっと身をすり寄せてくる。女の芳香と熱さに包まれ、シェネウフは束の間、陶然として怒りを忘れた。

「……なんだ」

「あの、この寝室……、その、控えている者とか、あの……」

シェネウフは目をしばたたいた。そんな言葉は予想していなかった。

王の寝室のすぐ隣には小部屋が設けられ、侍従を待機させていた。不自由がないためそうさせているのだが、覗かれているのに変わりはない。

シェネウフは手を伸ばし、天蓋から垂れる紐に指をかけて一気に引き下ろした。鳥が羽ばたくような音を立てて天蓋の縁から薄布が下り、錘代《おもり》わりにつけられた鈴の音が、しゃらん、しゃらん、と鳴り響く。

「これでいいか？」

シェネウフは言いながらリイアを抱き寄せ、耳朶を唇で軽く食んだ。

「おまえの姿をだれにも見せるものか。おまえは、余だけのものだ。……だから、リイア、もう一度、言え」

「え？」

「もう一度」

「――」

リイアの体温が、また上がったようだった。しかし、もう我慢してやることなどできそうもない。いますぐにでもこの細い身体を貫きたい……。

リイアが背に手を回し、甘えるように身をゆだねてきた。柔らかな乳房が押しつけられ、シェネウフの全身が昂る。

「……抱いてください、王よ」

感じたことのない強い欲望に突き動かされ、リイアを押し倒した。

寝台を包む薄布の先につけた鈴が、一斉にまた、激しく鳴り響く――。

「あ……！　は、あぁ……っ」

声が抑えられなかった。

リイアは仰け反り、シェネウフの愛撫のひとつひとつに、かすれた嬌声を上げて応えた。

「王……、あっ、……やぁ……！」

覆い被さったシェネウフに、尖りきった乳首を口に含まれている。舌で転がされ、唇で吸われる。甘噛みされる……。また舌で優しく、淫靡な音を立てて舐められ、その濡れた熱い感触で全身を甘く蕩けさせられていく。

秘所をまさぐるシェネウフの指は、割れた肉の内側を上下に深く撫で続けている。硬い指先は愛液をすくい滑らかに動き、くちゅくちゅと音を立てた。

もどかしいほど優しい愛撫に、さらに奥から蜜が溢れてくる。

「ひぁ……ンッ！」

ひくひくとふるえ、疼く中心に、指を挿れられた。中で折り曲げ、浅いところをこすられて、腰が跳ねる。

「あー……ッ」

リイアは腹部を波打たせ、頭を振った。広がった黒髪が、ぱさぱさと音を立てる。

「……リイア」

乳首を強く吸って離れた唇が、仰け反り上を向いたリイアの顎先に触れる。

苦悶するようにきつく目を閉じていたリイアは、窺うような視線を感じて薄く瞼を開いた。

「王……？」

同じように欲情しているシェネウフの目は、黒く濡れ光っている。唇に獰猛な笑みを浮かべて、王はささやいた。

「おまえの中、すごく、熱いな。大丈夫か？　……挿《い》れても、いいか？」

「……はい、王よ。……挿れて、ください……ン、あぁ」

指が引き抜かれた。

身体を起こしたシェネウフは、その手をリイアの背中に差し入れた。

「あ……」

くるりと身体を反転させられ、うつ伏せになる。そのまま広げた足の間に身体を入れ、シェネウフが覆い被さってきた。

頬にかかった髪を払った指先が、背骨に沿って下りてくる。

「……ッ」

身体の下で肘を折り、丸めた手を口元に当てて、リイアは声を殺した。

シェネウフの手は柔らかな双丘に触れ、感触を楽しむように撫でている。やがて腰をつかんで持ち上げられた。

突き出すように腰を高く上げたその姿勢に、リイアは羞恥だけではなく仄暗《ほのぐら》い悦びに襲われた。苦しいほどに足の間が疼いて、ヒクつくのを止められない。

熱く太い切っ先が、探るように左右の襞の合間を行き来した。互いの蜜が混じり合い、くちゅくちゅと音を立てる。

「あ、や……」

慄きに似たふるえが、背筋を這い上がる。

「……あ、……ぁあぁ――ッ！」

ゆっくりと埋められ、リイアは歓喜とともに声を放った。

いつもと違う体勢と感触に、全身が燃えるような快感で包まれる。

シェネウフは腰を進めて深く挿入すると、味わうようにじっくりと入り口近くまで引き、また深く入れ、ゆっくりと引いた。

抜き差しされるごとに、濡れた音が耳を打つ。それが寝台を囲んで鳴る鈴の音より生々しく、大きく淫らに響いてリイアを煽った。

「リイア」

肩口に顎を乗せ、汗ばんだ首筋を唇で辿りながら、シェネウフが熱い呼気を漏らす。

「……おまえの中で、溶けそうだ」

「あ……っ」

唇で耳殻を食まれ、ねっとりと舌で弄られる。直接、響いてくるその音と刺激に、頭の芯までかき乱されていく。

シェネウフは腰を支えていた手を、するりと前に移した。ふるえる下腹部を撫で、そこに入っている自身をたしかめるように下ろしていく。

「ああ……あ、あぁっ」

シェネウフの欲望を咥《くわ》え込んで広がっている左右の柔らかいひだを、指先で強くなぞられた。

「いや――……!」

強烈な快感から逃れるように思わず前に這うと、強い力で引き戻され、さらに穿《うが》たれる。つなげたまま上半身を起こしたシェネウフは、リイアの腰を浮かし、深いところを小刻みに突いてきた。

「あッ！　ぁ……ッ、あ、ああ……ッ」

快楽で脳髄が焼かれる気がした。寝台に顔を押しつけ、口元に当てたこぶしを噛み締めても、声は抑えられない。

シェネウフは、律動に合わせて揺れるリイアの腰を片手で抑え、もう一方の手でまた秘所を探りだした。ゆっくりと指が這い、割れ目の上部にあるふくらみきった粒をとらえ、素早くこする。

「――……ッ！」

包皮がめくれ、さらに鋭敏になったそこを刺激されると、呼吸が乱れ、切羽詰まった声が上がった。

頭の芯まで侵される悦楽で、下腹部にキュッと力が入った。痙攣するように慄いたその内側で、シェネウフの欲望がさらに太くなる。

「……くッ、この」

短い声が聞こえ、シェネウフが覆い被さってきた。腰の下に当てた手はそのままで刺激を与えているが、深いところを穿つ動きは、ゆるやかになっている。

物足りなさが、腰を淫らに揺らした。収縮する内側がシェネウフの太い欲望を締めつけ、その脈打つ形を伝える。

「王……」

「どうした？」

首筋に唇を這わせながら、シェネウフが問う。

「もっと、強くしてほしいか？」

「あっ……ン……ん、ん……ッ」

「もっと、激しく？」

シェネウフは、濡れた唇に太い笑みを浮かべた。

「答えろ、リイア」

リイアはこくりと喉を鳴らして、唇を慄かせる。

「は、……はい、王……よ、もっと……、もっと強く……あ……っ！」

シェネウフはすべてを言わせるまで待たなかった。一度つながりを解かれると、リイアは横を下に身体を倒され、上になった足を大きく持ち上げられた。膝裏をつかむシェネウフの手が、ひどく熱い。

そのまま同じように身体を横にしたシェネウフが背に密着し、下半身をリイアの足の間に入れてくる。

「いくぞ」

「い…………あぁっ！　……ァ、アッ！　あ、王ぉ……！」

速く、深く抜き差しされ、あっという間に快楽に支配された。

つながった部分から上がる濡れた音が大きくなり、律動に合わせて遠く、ぼんやりと鈴の音も聞こえる。

「あ――……っ」

激しくするだけでなく、シェネウフはときおり間を置いて、深く差し込んだところで腰を大きく回した。緩急つけたその予想できない動きに、ただ翻弄される。

快楽に食い尽くされ四肢が強張り、頭の中が白くなっていく。

浅い呼吸を必死で繰り返しながら、リイアは叫んだ。

「シェネウフさまぁ……っ」

愛しい人に強く求められ、揺すぶられ、高まっていく。もっともっと、この甘くせつない熱を共有したい。

「リイア……！　呼べ！　余の名を、呼んでくれ……っ」

かすれた声で、シェネウフが言う。

「……シェネウフさまぁ……ア…………アアッ、や、あぁぁぁ――……ッ！」

絶頂が意識を白く塗りつぶした。息もできない高みにのぼり詰め、声もなく叫び続けた。

「く……ッ、リ、イアッ！」

強すぎるほどに締めつけた内側で、シェネウフも同じように欲を迸らせた。

リイアは、二度、三度と叩きつけられるその熱さに、これまで知らなかった充足感を得た。

快楽だけはなく、心の奥深くまで満たされる喜び……。

──わたしもまた、王を抱いている。

目を閉じると、重なった荒い息遣いが部屋に響く中、弛緩した身体を背後から抱き竦められた。

「……疲れたか？　痛くないか？」

互いの汗と、官能の匂いが混じり合い、とろりと澱《よど》んでいる。めまいのするような甘い余韻に浸りながら、リイアは細く息を吐いた。

「だいじょうぶです」

「そうか」

王の唇が首筋に触れ、柔らかな肌を強く吸われる。

「ん……っ」

「すまぬ、痛かったか？」

「……いいえ」

「では、もうひとつ」

所有のしるしをつけて満足したのか、シェネウフはしまい込むようにリイアを抱いたまま、ごろりと横たわった。

絡んでいた足が外されると、同時に名残が溢れ、内股を伝った。

「あ……っ」

「なんだ」

「……あの、拭わないと……、汚れます、から……」

羞恥にふるえながら言うと、シェネウフは呆れたように笑う。

「余がしてやる。このまま眠れ」

「そんな……」

リイアは困って、身じろいだ。

しかし、快感の余韻は疲労を伴っていた。四肢が重く、熱く、だるい。とても身体を起こせそうにない。

それに、ひどく心地よかった。厚みのある大きな硬い身体にしっかり抱かれていると、守られているという安心感のせいか、力がどんどん抜けていく。

ずっとこうしていたい。離れたくない。ずっと……。

重い瞼を閉じると、いつものように落下していく感覚に襲われる。――けれどもう怖くはなかった。落ちていく先は、恐ろしい闇ではない。怪物の棲まう地下ではない。

「眠れ、リイア」

甘やかすように、耳元で低く優しくささやかれる。

「ずっと、そばにいる」

「はい、シェネウフ様……」

自分を抱く腕に手を重ね、リイアは安らかな眠りについた。

◈
◈
◈

「ミアン、だと？」

シェネウフは息を飲んで、その報告を受けた。

「はい。罪人を責めたて、白状させました」

勇者の証たる蝿《はえ》の意匠の胸飾りをつけたナクト将軍は、短く切り揃えた黒髪の下の顔を険しくした。

内政を充実することに専念した女三時代に不遇をかこっていた軍人は、大規模な遠征を視野に入れるシェネウフの考えを支持し、常に心強い味方になっていた。

とくにナクトは将軍としてはまだ若輩だが、それだけに若い王への忠誠が厚い。剣の稽古相手をさせるなど、シェネウフ自身も好んで彼を使い、今回の一件も任せていた。

シェネウフは玉座から黒い肌の将軍を見下ろし、眉をひそめる。

「そなたを疑うわけではないが、……ミアンは宰相の娘だ」

「存じております」

ナクトは頷き、「しかし」と語気を強めた。

「女王の件で不満を抱く者は、まだおります。宰相の娘は、利用されたとも考えられます」

「ミアンが女を拉致したことが、なんの利用になるのだ」

「放置されたのは、女王が納められた神殿の地下です。王自ら足をお運びになることが、目的だったのかもしれません。そのため、王の弱みを突いたのです」

シェネウフは黙り込んで、不機嫌に唇を引き曲げた。

女王の遺骸は、いまだ離宮の神殿の地下にある。

本来ならば王宮にある大神殿に安置し、永遠に形を整える準備が済み次第、生前から用意されていた墓所へ移すのが慣わしだった。

しかしシェネウフは王宮には戻さず、自ら足を運ぶこともしなかった。憎しみを形として、見せつけるように。

つまりリイアを救うためであっても、わざわざそこに出向いたことを知れば、王がついに女王を許したと、人は思うだろう……。

シェネウフは息を吐いた。

「周到なことだ」

「宰相の娘を、問い質《ただ》します」

「……宰相には、告げたのか」

「いいえ。事が事ですので、まず、王のご裁可を」

「そうか。……仕方ないな」

「宰相ご自身も、取り調べいたしますか？」

「なに」

問われて、瞬間、シェネウフは激しかけた。

宰相ブーネフェルは、少年時代は養育係として、いまは内政を支える重鎮である。

「……愚かなことを」

辛うじてこらえ、低い声で唸るように言った。

「宰相に如何《いか》なる罪があるものか。たとえ娘がしでかしたことであっても、その娘だけに罪を問えばよい。――ミアンを取り調べ、真実を明かせ。利用されていたなら、その背後も調べよ」

「は」

ナクトは頭を下げ、軍人らしいきびきびした動作で、玉座の前を辞した。

寝室のすぐ近くにある庭園に面した小部屋で、リイアはひとり、図案化した護符を柔らかな帯に刺繍《ししゆう》していた。

全快してからも、館に戻されることはなかった。いまは、シェネウフが使う王宮の私的な一画で過ごしている。

王宮は、十歳の頃から六年間、過ごした場所だ。しかし現在、王宮で勤める女官たちに、見知った顔は残っていなかった。女王の時代から勤めていた者たちはすべて放逐されたのだと、後で教えられた。

それでも新しい女官たちは、リイアに親切だった。王の意向もあるだろうが、あの閉ざされた館にやってきていた侍女たちとは違う。

刺繍の道具を用意してくれたのも、女官たちだった。

黄金細工の長椅子の端に腰掛け、黙々と手を動かすリイアは、王族の娘のように美しい衣装を身にまとっている。

王宮に移ってからは、女官が衣装を調えた。豪華すぎることに躊躇いはあったが、身につけることを半ば強制された。王のために、と言われれば、従うほかない。

よく似合いますよ、と賞賛する言葉も、追従ばかりではなかった。

切れ長の目を縁取る化粧さえ扇情的な、愁いを帯びた美しい顔。つややかな肌と、赤くふくらんだ唇。なにより、めずらしい色の目には自覚した愛がきらめいている。

「――……」

ふと風を感じて顔を上げると、強い日射しの下、濃い緑をつけた木々が輝いて見えた。すでに種蒔季《ペレト》は過ぎ、収穫季《シエムウ》の第一月である。

これからもっともっと暑くなるだろう。やがて東の空、夜明けとともに白く光るソプデトの星が出現し新年を迎えれば、屋内でも耐えがたい暑さになる。

その頃、わたしはなにをしているのだろうか……。ふと、そんなことを考える。けれど、答えはすぐに出た。

王のそばにいる。――そばに、いたい。

リイアは布と針とをひとまとめに膝に置いて、息をついた。

「リイア様」

身体を気遣い頻繁に休息を取らせる女官たちは、見計らったように声をかけてくる。いまも、年嵩《としかさ》だが美しい女官が近づいてきたので、リイアは苦笑して首を振った。

「だいじょうぶです、いま、手を止めたところですから」

「いいえ、そうではなくて……、宰相がお越しになっております」

「え……」

ブーネフェル。その名を、苦々しさとともに思い出す。リイアは眉をひそめた。

「宰相が、わたしになんの用でしょう?」

「お話があるとかで。お通しますが、よろしいですか?」

「……はい」

困惑を覚えながら、頷いた。

リイアの身辺に近づく者をさりげなく排除している女官も、王の絶大な信頼を受ける相手であるから、さほど疑ってはないようだった。

戻っていく姿を見つめながら、ため息をつく。

——なぜ、わたしに?

彼は、もとは女王に仕えていた側近だった。やがてシェネウフの養育係となり、病んで離宮に移った女王を見限って、いまでは宰相の地位にある。

「時間を取らせて、もうしわけない」

ブーネフェルは、そう断りながら入ってきた。

袖のある上衣に、長い腰布。胸元を飾る装身具は控えめだが、高価な銀を使っている。

顎ひげをたくわえている以外、さして特徴ある顔立ちでもない。しかし常に人を観察するような、冷徹で鋭い目をしている。

リイアは見られていることを意識しながら、頭を下げた。

「わざわざのお越しに、恐縮いたします」

椅子を示すと、ブーネフェルは「結構」と片手を上げた。

「すぐに済むので、このまま」

「そうですか」

ふたりは十歩ほどの距離を置いて、互いを量るように視線を合わせる。

リイアが知っているように、ブーネフェルもまた知っているはずだった。女王が愛した小さな女の子として。

「あなたの兄、楽士ラウセルの具合がよくないと聞いた」

しかし彼は懐かしむようなことは口にせず、端的に切り出す。

「楽士を預かっている、南の倉庫の監督官オルテムはわたしの弟だ。相談され、こうして面会に。あなたには、王の許可がなければだれも会えないものだから」

「兄の具合は？　悪いのですか？」

「詳しくは聞いてない。訪ねてほしいとのことだが、それも難しいだろうな」

「……」

リイアはうつむき、無言を通すことで肯定した。

ここに移ってみても、変わらなかった。シェネウフは見張りをつけ、リイアを守るという名目で、やはり閉じ込めているのだ。

「できるなら王に頼んで、会ってやるといい。あなたの願いなら、王も一蹴するまい」

「……はい。お教えいただき、感謝いたします」

「いや、たいしたことではない。……それに、ひとつだけ直接、聞いておきたいことがあった」

「なんでしょう？」

リイアは顔を上げた。

「その……」

切り出しながらもブーネフェルは目を逸らし、顎ひげをしごきながら逡巡している。

「なんなりと、お尋ねください」

水を向けると、やがて長い息を吐き、宰相の地位に就いた男だというのに、ブーネフェルは弱々しくも聞こえる声音で言った。

「……女王メデトネフェレトのことだが」

「はい」

「あなたが看取《みと》られたとき、最期の言葉も聞いたはずだ」

「……」

「教えてほしい。あの方は最期に、なにを？」

リイアの胸に、怒りが湧いた。眉をひそめて、強い口調で答える。

「あなたには、お伝えできません」

愕然《がくぜん》とした顔で、ブーネフェルはリイアを見つめた。宰相にふさわしい冷徹さが消え、悲しげに目が揺らいでいる。

「そうか……」

やがて彼は自嘲し、うな垂れた。

「そうだな。女王は、わたしのことを恨んでおられた……。思い出しもしなかったろう」

「……恨む？」

リイアは不愉快な気分になった。女王を見限って地位を得た男が、なにをいまさら……。

その思いが顔に現われていたのかもしれない。ブーネフェルはふいに苦笑をこぼした。

「わたしは、長く女王に仕えてきた。あの方を、女神のように敬ってきたのだ」

「……」

「だが、愛が憎しみに変わることもある。その逆もあるように。……昼と夜だ。人の心など、空で交互に繰り返されるあの営みのように、移ろいやすい……」

リイアは黙ったまま、ブーネフェルを見つめた。彼は放心したように中空に目をさまよわせている。なにかを探すように。

――アンセヘレト王女。

ふと脳裏に、閉ざされた館の書庫で見つけた名が浮かんだ。パピルスに小さく書き込まれていた名前だ。

アンセヘレト王女。メデトネエレトの即位前の名。……あれは、この男が？

しかし、問えなかった。なぜかリイアは、書き込まれた名前を見たことも、いま口をはさむのも、いけないような気がした。

やがてブーネフェルの目に、ふたたび鋭い光が戻る。

「ミアンのことを聞いたか？」

「……どなたでしょう？」

問い返すと、ブーネフェルはゆっくりと、頭を下げた。

「ならば、王に聞かれるがよろしい。……あなたには、先に謝罪しておく」

「……？」

「兄のことは、心に留めておくように」

部屋を出ていく宰相の背中を見送って、リイアはそっと自分の胸を押さえた。

愛と憎しみは、すぐに変わる……。

ブーネフェルは、女王を愛していたのだろうか？　そして憎んだ？　だからシェネウフの側につき、いまは後悔しているのだろうか。

そしてミアン――ミアン？

一気に色々なことを告げられて、混乱してくる。だが兄のことがなにより気になった。

――兄さん……。

不安と罪悪感で、胸がつぶれそうになる。

着飾った自分を見下ろして、指先に針を突き刺されたような後悔に苛まれた。

王に愛され、抱かれていた間、兄はどうしていたのか……。

リイアは力が抜けたように、長椅子に座り込んだ。


その夜、シェネウフの訪れはなかった。

いまだ薬湯を飲まされているリイアは、灯りも持ち去られ、女官たちの手で寝台に押し込まれた。

気まぐれな月神は空になく、闇は常より深い。

薬湯には眠りに導く薬も入っていたはずだが、目が冴《さ》えていた。闇の中で、ため息と寝返りを打つ音だけが続く。

それでもいつかまどろんでいたのか。ふいに聞こえたかすかな物音に、リイアはハッと身を起こした。

中空にぼんやりと丸く、赤い光が浮かんでいる。

「……王?」

静かに声をかけると、灯火がすうっと上に移動し、淡くその輪郭を浮かび上がらせた。

薄く微笑んだシェネウフが、寝台を覗くように屈み込んでくる。

「起こしたか」

「いえ」

リイアは身じろぐようにして、寝台を滑り落ちた。

「お待ちしておりました、王よ」

「眠っていたのかと思ったが」

寝台脇の卓に火をともしたままの手燭を置き、シェネウフは両手を広げてリイアを抱き寄せた。

「具合は？」

「もう、治っております。あの、王……」

リイアはそっとシェネウフの胸を押し返して、その顔を見上げる。

「……昼に、宰相にお会いしました」

「聞いている」

「その、……兄の具合が悪いようで、会いたいのですが」

赤みを帯びた灯りに斜めに照らされたシェネウフの顔が、ふと歪む。

王が不興がることは承知だったので、そのまま続けた。

「どうか兄に、会わせてください」

「……会ってどうする」

「どうしているのか、これからどうしたいのか話を聞いて、わたしにできることをしたいと思います」

「……」

「たったひとりの兄なのです。わたしにはもう、親はおりません。父はわたしが生まれる前に、その後に母も死んで、身内は兄がひとりだけです。……どうか、王よ」

表情を変えないシェネウフの足元に膝を突き、頭を下げる。

「お願いいたします」

「立て」

命じながらリイアの手をつかみ、シェネウフは軽々と引き上げた。

「いいだろう。……もともと、余がおまえたちを引き離したのだしな」

頷く顔は渋いままだったが、シェネウフは許可した。だがリイアが安堵するより速く、

「しかし」と続ける。

「おまえが行くことは許さん。兄を王宮に呼ぶことを許す。会うのは、余の目の届く場所で、だ。いいな」

「はい」

微笑んで頷くと、シェネウフの手が動いて、指を組み合わせてより親密に握られた。その

手は大きく、節張った指も長い。自分のものが小さな子供のような手に思えて、リイアはくすぐったく感じる。――わたしのほうが、年上なのに……。

もう片方の手が肩に置かれ、引き寄せられた。

優しく抱く腕と、つながれた手の熱さに煽られ、どくどくと鼓動が速くなっていく。

流される前に、リイアはもうひとつの懸念を口にした。

「王、あの、お話が」

「なんだ」

リイアの髪に口づけながら、シェネウフが不満そうにつぶやいた。

「ほかにもあるなら、早く言え」

「宰相が、あの、ミアンの件で謝罪していたと、伝えてほしいと……」

「――謝罪を、と？」

「はい」

「そうか……」

「なんのことでしょう？」

「おまえには――……いや、言っておこう。おまえを攫ったのは、宰相の娘だった。ミアンという」

「……」

館に侍女として現われた、あの娘の眼差しを思い出す。

ブーネフェルの娘であるなら、幼いうちからシェネウフのそば近くにあったのだろう。きっと昼も、夜も。そば近くに。——だから、わたしを憎んだ。王が閉じ込めたと偽りを言い、傷つけずにはいられなかったのだ。

「許せ」

絡み合わせた手に力を込め、シェネウフは躊躇ってから続けた。

「……ブーネフェルは、余が幼い頃から支えてくれた」

「はい」

「ミアンの件は、秘密裏に処理する。ブーネフェルをいまの地位のまま残すために。宰相として必要だからだ」

「……」

「許せ」

もう一度、シェネウフは謝った。

王が許しを請うなど、あってはならない。王に神々と同列の者なのだから——そう思う一方で、リイアの胸は痛む。

シェネウフにとって、ブーネフェルは大切な存在なのだ。ずっと傍らにあり、導かれ、支えられてきたのだろう。あの、閉ざされた館の中で……。

「王の、御心のままに……」

リイアはシェネウフの背に手を回し、抱きついた。

——王であっても寂しい。神であっても、寂しい……。

「リイア」

上向いた顔に、影が覆い被さってくる。

口づけはすぐに深く、激しいものになった。舌先が触れ合い、絡み、吸い上げられる。濡れた音に煽られ、ぞくりと背筋に甘い痺れが走る。

性急に寝台に押し倒されて、リイアは夢中でしがみつく。何度も身体を重ねてきたのに、あるいはそのせいなのか、ひどく敏感になっていた。まるで皮膚が薄くなったように、身体のどこを触れられても熱が宿り、反応してしまう。

唇で、手で。すべてで愛撫され、意識が快楽に流され、蕩けていく。

「あああ……ッ、あ……王……っ」

「名を、呼べ。リイア……」

「……シェネウフ、さま……！」

あなたはひとりではないのだと伝えるように、リイアは強く、王の背を抱いた。

六章

「兄さん」

現われた姿を確認し、リイアは微笑んで立ち上がる。

兄は以前と変わりがなかった。女のように肩まで垂らした髪をして、袖つきの上衣に、膝丈の長い腰布にサンダルを履いている。もともと細身だが、肌も輝き、足取りもしっかりしている。

ラウセルは瞼を閉ざした顔を上げて、にっこりと笑いかけた。

「リイア？」

「ええ、わたしよ！」

黄金の円盤を連ねた首飾りの音を響かせて駆け寄ると、ラウセルの腕を引いていた女官が、そっと場を外してくれた。

リイアは、楽士らしい兄の繊細な手を両手で包んだ。

「具合がよくないと聞いたわ。大丈夫なの？」

「心配ない」

「どこが悪いの？　兄さんは、食が細いから……」

「リイア」

包まれた手を外すと、ラウセルはその手でたしかめるように触れてきた。頬を、額を。髪を滑って肩に落ち——最後に、胸元に垂らした黄金の飾りを指にかけ、持ち上げられる。それは、シェネウフから初めてもらった装身具だった。

「……おまえは、随分といい暮らしをしているようだ」

リイアはハッとして、恥じ入るようにうつむいた。

兄が、どのように聞いているのかはわからない。だが、王宮に残された自分がどうしているのか、肌から、匂いから……すべてをいま、知られた。

ラウセルの手が離れる。

「女王を、忘れたのか」

「そんな……、わたしは」

「尊いお立場でありながら、ひとり寂しく過ごされ、亡くなったあの方を忘れたのか？」

「……」

リイアは顔を背けた。いっそ耳を塞いでしまいたかった。女王のことを持ち出すのは、卑怯だと思いたかった。

互いに女王の真実は知っている。——知った上で、まだ兄さんは……。

自分のことに後悔はない。王に求められ、抱かれていることには。だが兄に苦労をさせたと思うことは、つらかった。

「兄さん……」

言いさしたそのとき、ふと、部屋の入り口に控える従者の姿を見つけて、リイアは言葉を切る。

従者は、牝牛の耳をつけたフゥト・ホル女神の描かれた竪琴を抱え、ひっそりと立っていた。優しく垂れた目をした女神とは裏腹に、それを持つ従者は暗い目をしていた。なにか奇妙な光を宿し、じいっとリイアを見ている。

そのねっとりとした視線に、リイアは眉をひそめた。メドューだ。そう、メドューという名前だった。兄が、貴族のだれかに譲られたという男。

まだつき従っていたのかと、驚きとともに、どうしてもこの男が好きになれなかったことまで思い出した。

「兄さん、まだあの男を……」

「あの男？」

「従者よ」

声をひそめて言うと、ラウセルは「ああ」と薄く笑った。

「役に立つ男だよ。おまえよりよほど女王を慕い、心を痛めている」

「兄さん……！」

リイアはカッとして、兄を見た。

瞼を閉じたその顔は、造りだけならリイアとよく似ている。しかし、そこに現われているものは違っていた。女のように優しげな外見をしていながら、ラウセルは石碑に使われる黒く硬い石のように、ひどく頑なだった。

「いい加減にして。兄さんだって、メデトネフェレト様から聞いたはずよ。何度も。わたしたちは、あのお方の真実を託されているのよ」

「真実？」

ラウセルは両手でリイアの腕をつかみ、見えないその目で覗き込んでくる。

「真実とはなんだ、リイア？　わたしたちはなんだった？　おまえは、……わたしは？　身代わりか？　ただの？」

「やめて、兄さん、痛い……」

思いがけなく強い力でつかまれて、リイアは後じさった。

「リイア」

離れた兄の手が宙でさまよい、妹がつかまらないと悟ると、やがて形のないなにかを握り込むようにグッとこぶしをつくった。

「……女王はわたしを愛してくれた。わたしをだ。だれかの代わりじゃない……」

「神々は知っているわ、兄さん」

リイアは小さくつぶやき返した。落ちたその言葉とともに、涙が頰を伝う。

「メデトネフェレト様の真実を、神々はもうご存じよ。……王は神々と同じ位置に立つ者。向かい合う、声正しき者。女王が、冥府《めいふ》にてすべてを告げられたでしょう」

「おまえは」

ラウセルの瞼が開いた。緑色が混じる、白く濁った焦点の合わない目が現われる。

「おまえは王に告げたのか。シェネウフ王に？」

躊躇ってから、リイアは「いいえ」と答えた。

「……まだお伝えしてはいないわ」

「それでいい。どうせ王は信じまい」

「信じないことを、兄さんが願っているだけでしょう？」

ラウセルは口元だけで嗤った。

「違う。信じない、王は。けして。……だが女王の真意を知らずとも、行うだろう。女王がお望みになったように。——それは、許せない」

「……」

リイアは言葉を失い、うな垂れた。

女王が託したことを伝えられなかったのは、シェネウフがそれを行うことを恐れる気持ちもあったからだ。

行われれば、わたしたちも——女王に寵愛されたわたしたちも、否定される。女王があってこその、存在だったのだから。

「……それでも、わたしはお伝えするわ」

「リイア」

「これまで、わたしの身勝手で黙っていたの。……わたしは、卑怯だったのよ、兄さん。自分のことしか考えなかったの。王が知った後にどうされるか怖かった。捨てられるのかと、それが怖かったの」

「おまえは——」

ラウセルは絶句し、そのままむっつりと黙り込んだ。

兄妹の間に、ひどく気まずい沈黙が落ちる。

「リイア！」

静まり返った部屋に、そのとき、闊達《かったつ》な声が響いた。

振り返ると、庭園につながる短い階段をのぼり、シェネウフが入ってくるところだった。

日除けの薄布が、人の動きではらりと揺れる。

シェネウフは太い縞柄のネメスを被り、額に黄金の蛇形記章をきらめかせていた。執務の途中なのか、胸元や腕に飾った装身具も豪華なものだ。

その後ろを、鋭い目を伏せがちにしたブーネフェルがついてくる。

「暑いな」

顎から垂れた汗を拭うシェネウフの姿に一瞬見惚れ、リイアは慌てて頭を下げた。

「王よ、わざわざお越しに……？」

「時間が空いたので、見に来た」

シェネウフは、リイアが座っていた長椅子に置かれていた布や針道具をそっと脇に避け、腰を下ろす。

「久しぶりだというのに、立ったままで話していたのか？」

「あ……、いえ」

「王宮に足を踏み入れることをお許しいただき、感謝いたします」

ラウセルが頭を下げたまま、低く挨拶した。

「うむ。――リイア」

シェネウフは鷹揚《おうよう》に頷き、墨で縁取った目で兄と妹を交互に見遣り、手招く。

そばに寄ると、座ったままシェネウフはリイアの手を取り、見上げて満足そうに微笑んだ。

「どうだ？　話はできたのか」

「あ、兄はまだ……、先程、着いたばかりで」

「なんだ、そうなのか」

「はい」

「まあ、ゆっくりと話せばいい。まずは、余の話だ。おまえの身内はこの兄ひとりだというから、ちょうどいいと思ってな。――ブーネフェル」

「はい」

控えていた宰相が、顔を上げる。

「このあいだは断られたが、今日は頷いてもらうぞ」

シェネウフは弾んだ声で言った。

「リイアを養女にしろ、いいな」

「え……、王？」

慌てたリイアを、シェネウフは握る手に力を込めて黙らせる。

「おまえの兄に出した追放の命も、取り消そう。いつなりと、自由に会うといい。――余は、おまえをいずれ王妃にする。宰相の養女であれば、不足はない」

「王妃に……？」

リイアは驚きに目を見張った。

王は自分を大切にしてくれている、と思ってはいた。たぶん――恐れ多いことだが、好意を持ってくれているのだろう、と。

だが、王妃に？　――理解したくない気持ちが働いたのか、リイアはシェネウフから視線を外し、ブーネフェルを見た。

――この男の養女に……？

そのことになんらかの感情が湧くより早く、ブーネフェルの顔から表情らしきものが削り取られていった。彼はまるで生きたまま彫像にされたようにそのまま固まり――鋭い目だけがリイアに向けられ、やがて下がって、自身が育てた若い主を見据えた。

「……王よ」

「うむ？」

「わたしの娘は、イティ市のフゥト・ホル神殿に送りました。娘は一生、監視され、神々に仕えて過ごすこととなるでしょう」

「……」

「それは妬心《としん》のあまり逸った娘の咎ですから、仕方がない。……ですが、わたしには、わたしの恨みというものがあるのです。――……メドュー、やれ」

ブーネフェルは視線も表情も動かさず、背後の男に命じた。

「王を、殺せ」

発せられたその言葉を、理解できなかった。シェネウフでさえも自失している。

その、ひどい暑さで間延びしたような空気を、ジャッ！　と金属をこすり合わせる甲高い音が引き裂いた。

ぎくりと竦んで、リイアは目を見開いた。

ラウセルの竪琴を抱えていた従者――メドューが立ち上がりながら、竪琴を投げ捨てた。竪琴を飾っていた、牝牛の耳をつけたフゥト・ホル女神の顔が、縦に割れている。

それが床に落ちるより速く、メドゥーが身を屈めて駆け寄ってきた。その手に、なにかを握っている。銀色に光るもの――短剣。

「――……王!!」

リイアは腕を広げ、シェネウフに覆い被さるように、身体を投げ出した。

肩口に衝撃が走り、膝が折れる。ぬるりとしたものが、腕を伝った。赤い――リイアは目を閉じた。それでも瞼の裏に鮮明な赤が残る。

斬られたのだと、ぼんやり理解した。

「うあぁぁぁぁぁぁぁぁぁ……ッ!」

音階の狂った叫びが、耳を打つ。それは初めてはっきりと耳にした、メドューの声だった。

「だめだだめだ……ッ!　なぜあなたが王を庇う……!?」

「なにをしているメドュー!　早く、王を!!」

ブーネフェルが悲鳴のように声を高くして命じる。

「――王を殺せ!!」

痛みに歪む意識をこらえ、リイアは必死でシェネウフの姿を求めた。

王さえ――あなたさえ、無事なら……!

シェネウフはすぐそばにいた。床に横たえたリイアから手を離し、立ち上がったところだった。

「おのれ……!!」

怒気のこもる低い声で唸り、シェネウフは座っていた長椅子の縁に手をかけ、一気に持ち上げた。

女性用の華奢な家具だが、けして軽くない。しかし上腕部と背中の筋肉をしならせ、シェネウフはさらにそれを、リイアの視界の外に放り投げた。

木枠が激しく壊れる音とともに、「ギャッ」と短い悲鳴が聞こえた。

「衛兵！　衛兵！」

シェネウフが声高に呼びつけながら、駆けていく。

「捕らえよ！　宰相もだ！　逃がすな!!」

殴りつける鈍い音が続く。そして、悲鳴。怒号……。

「リイア！」

騒ぎをついて、響く通りのいい声が意識に触れた。リイアはうっすらと目を開けた。

「リイア、どこだ!?」

「兄さん……」

床に手を突き、妹を探すラウセルに応える。兄はすぐに這い寄ってきた。

「リイア！　なにが、いったい――」

床に広がった血の上に手を突いたとき、その感触と臭いで状況を悟ったのか、ラウセルは言葉を失って青ざめた。

「兄さん……」

激痛に歯を食いしばりながら、リイアは手を伸ばし、兄の腕に触れる。

「わたしたちは、見返りを求めて、女王を愛したの……？」

「リイア……」

「……違う、わよね……？　こんなことは、もう、させないで……」

「リイア、違う。わたしは、なにも知らない。わたしは、知らなかった……！」

ラウセルの言葉に重なって、衛兵たちなのか、大勢が部屋に踏み入ってくる足音がした。さらに物音と人の声が混じり合い、頭の中で渦巻く。耳鳴りとともに、リイアは意識が薄れていくのを自覚した。

「……お願い、兄さん……、わたし、王を、……愛しているの……」

「リイア？」

「――どけ!!」

白くかすむ視界に、突然、シェネウフの顔が映り込んだ。「リイア」と口にしかけ、そのまま激怒に歪んでいた表情が一変する。

「しっかりしろ！　すぐ手当してやる、すぐ……っ」

そんな顔をしないでほしい。

閉じ込められていた少年を思い出させる、そんな悲しい顔を。

リイアは手を差し伸べようとした。しかし思うだけで身体は動かず、ただ視界だけが白く濁っていく。見えなくなる……。

「リイア！」

シェネウフの声が、遠ざかった。

「――リイア、リイアッ！」


――……リイア？


ふたたび聞こえた声は、女性の柔らかく甘いものだった。

――リイアと、言うのか。

白くかすむ世界に、ふわりと色がつく。固まって、輪郭を取る。

黄金の冠を頂いた美しい女が、微笑んでいた。

肩で切り揃えた黒髪。孔雀石《マラカイト》を砕いて混ぜた、緑色を帯びた目化粧。赤い肉厚の唇。

重ねたクッションにもたれ横に投げ出された身体は、曲線に添った白いドレスに包まれている。裸足《はだし》の爪先はヘンナで染められ赤い。

――案じずともよい。

女王の姿が小さくなり、その前で膝を突くふたりの子供が絵の中に加わった。

――わたくしがおる。そなたらの母代わりになろう……。

男の子と、女の子だ。

女の子は、少し大きいくらいの男の子の手をしっかりと握っている。

わたしだ、とリイアは思った。わたしと、兄さんだ……。

母親が死んだ直後のことだった。父親はとうになく、縁者もいない。引き取り手のないふたりの子供を救ったのは、女王メデトネフェレトだった。

美しく、陽気で、なんでも楽しむ人だった。歌うように語り、王宮中に聞こえるのではないかと思うほど大きな声で笑う。美味《おい》しいものが好きで、ワインが好きで、音楽が好きだった。華やかな装身具が好きで、異国からもたらされる珍しい品々が好きだった。

民を愛し、愛され、人生を謳歌《おうか》していた女王――。

けれど、空に月神のさまよい歩く夜、彼女が泣いていたのを知る者がいたろうか？

窓から遠くに見える、周壁に閉ざされた小さな館の方角を見つめて、声を殺して泣いていたことを――……。

「……リイア、あの子に……」

耳奥に、ふたたび女王の言葉が届いた。横たわる女王の顔が見えた。病み衰え、死の翼に触れた顔――。

「あの子に、伝えてね……」

リイアはハッとして、女王の顔を覗き込んだ。眠るように瞼を閉じたが、唇は動いている。口元に耳を近づけ、最期の言葉を聞き取る。

「可愛い……イブジェト」

リイアは女王の口元に顔を近づけたまま、弾けそうな悲しみを唇を噛みしめてこらえ、次の言葉を待った。

――そう。いつまでも、わたしは待っていた。

最期に、ほんとうに最期に、女王が言ってくれるのではないかと。

可愛いリイア。愛しいリイア。わたくしの娘……、と。

けれどついに望む言葉は得られず、女王の呼吸は止まった。胸にイブジェドの面影を抱いたまま、遠い死者の楽園へ旅立ってしまったのだ。

◇◇◇

だれかに手を握られている感触があった。強い力ではなく、そっと重ねられた大きな手。

「――リイア！」

シェネウフが覗き込んでいた。

「王……？」

まばたくと、王は肩の力を抜き、リイアの頬に触れてきた。

「気づいてよかった。目を覚まさなかったら、どうしようかと思っていた……」

「王――」

身じろいだ瞬間、頭の先まで突き抜けるような激痛が走った。

「イ……ッ」

「痛むのか!?　おい、医師！　医師はどこへ行った!?」

振り返り大声を上げるシェネウフに急かされて、王宮で医師を務める男が駆け寄ってくる。

肩から胸まできつく包帯を巻かれたリイアの患部を確認し、医師はシェネウフに向かって頭を下げた。

「出血は止まっております。急に動いたので、痛みがあっただけでしょう。熱もありませんし、ご心配には」

「痛がっているんだぞ！」

「それは……、縫ってありますので、しばらくは痛みます。安静にしていただくよりほかはございません、王よ」

控えていた女官ともども医師を下げたシェネウフは、顔をしかめたまま寝台のすぐそばに膝を突いて、目線の高さを合わせてくる。

シェネウフは目が充血していた。泣いていたのだろうか、と思ってリイアは胸が痛む。王は短い黒髪があらわになっているせいもあって、ひどく幼く見えた。

「王……」

微笑みながら呼びかけると、シェネウフはハッとしたように顔を近づける。

「なんだ？　喉が渇いたか？　……痛むのか？」

「王は、お怪我《けが》は？」

「ない」

「よかった……」

「よくは、ない」

怒りを思い出したように、ギュッとシェネウフは眉根を寄せる。

「危ないまねをするな！　おまえが怪我をするなど……、あんな刺客のひとりやふたり、余が退けられないとでも思ったのか!?」

「刺客だったのですか、やはり……？」

いまさらのように慄いて、リイアはいくらか自由になる右手を、シェネウフに向かって伸ばした。

シェネウフはその手をつかみ、両手で包み込む。

「そうだ」

「なんということ……」

リイアは目を閉じた。

あのとき兄の従者をしていたメドューという男は、短剣を握って向かってきた。武器の携帯は許されていない。

フゥト・ホル女神の顔の中に、凶器は隠されていた。——兄の竪琴に。

「兄は」

ハッとして、リイアは目を開けた。

「兄は、どうなりましたか……アッ、つ……」

「動くな」

そっと身体に触れて、シェネウフは強い口調で命じる。

「絶対に動くな」

「……はい。あの、それで、兄は？　楽士ラウセルは、どこに」

「とらえてある」

「……！」

「いまは牢に入れているが、案ずることはない。いずれ神殿に預ける。神々に献じるにふさわしい音色を奏でる楽士だ。余とて、失いたくはない。……おまえの、兄でもある」

「ありがとう、ございま、す……」

目の縁から、ぽとりと涙がこぼれた。

知らなかった、と言っていた。きっと利用されていただけなのだ。どのような取り調べがあったかはわからない。だがシェネウフがそれを理解し、許してくれたことが嬉しかった。

「泣くな」

目尻の涙を、シェネウフの指先に拭われる。

「いま泣かれると、どうしたらいいのかわからん」

「……もうしわけありません」

思わず笑いをこぼすと、シェネウフも少しだけ微笑んだ。しかしその目はまだ悲しそうに揺らいでいる。

リイアは自分の心痛を優先させたことに気づき、罪悪感を覚えた。

シェネウフも痛手を受けたのだ。どれほどブーネフェルを信頼していたか、リイアは知っている。裏切られ、その心にどれほどの傷を負ったのか……。

「……王よ」

「なんだ」

「わたしは、許しを請わなければなりません」

「なぜだ？」

「メデトネフェレト様のお言葉を、これまでお伝えしなかったからです」

「……」

聞きたくない、と言うようにシェネウフは顔を背け、立ち上がろうとした。それをつないだままの手に力を込めて引き止める。痛みが走ったが、そんなものはどうでもよかった。

「王……！　お願いでございます、聞いてください！」

「リイア、動いては――」

「女王は、わたしにお伝えするように命じました。ほんとうはすぐに言わなくてはならなかったのに――……、お願いです、王！　聞いてください。わたしをこのまま、罪人にしないでください……！」

「……なにを、そんな」

シェネウフは驚いたように目を見開いていたが、やがて根負けしたように、ふたたびそばに戻った。

「申せ」

「……ありがとうございます」

ごくりと唾を飲んで、リイアは目を閉じた。瞼の裏に、やつれてなお美しかったメデトネフェレトの面影が浮かぶ。

――お伝えします、メデトネフェレト様。いま、あなたのお心を……。

リイアはゆっくりと瞼を開ける。

「女王は、ご自身の即位名を、あなたの手で削るようにと仰せでした」

「――……なに？」

「刻まれた名を、あなたの手で削ってほしいと言われたのです。……女王は、病んで離宮に移られてから、弱っていく一方でした。お身体も、御心も。玉座に座ったことを後悔され、血を吐くように泣き暮らされたのです。癒えるどころかますます悪くなり、死の床にて、そのようにわたしに言いつけられました……」

「そんなこと――」

シェネウフは絶句した。

歴代の王たちは己の即位名を黄金の枠で囲い、永遠にとどめようとしてきた。神々と並び立つ地位を誇示し、永遠に讃えさせるために。――それを削れなど、ありえない。

「……ひとつかふたつを削って、満足しろと？」

疑心をありありと浮かべるシェネウフの顔を見つめ、リイアは首を横に振る。

「いいえ、王よ。書記が綴る記録からも、神殿の壁に刻まれた聖刻文字からも、石碑からも。女王という存在を消し、すべての統治をあなたが行ったようにしてほしい、と」

「なぜだ？　なぜ、そのようなことを」

「──あなたを、愛されていたからです！」

リイアは焦れて声を大きくした。握る手に力を込めて、シェネウフを見つめる。

「あなたに、死後も憎まれるのを恐れていたからです……！」

だからこそ、自分の即位名を残させないようにしたのだ。

女王メデトネフェレトなどいなかった。幼い王を後見した伯母がいたのだと、そう伝えていってほしかったから。

「……はっ、なんと、自己保身か。……あの女は、余を、軟禁して」

「ああ、王よ……！　軟禁ではありません、誤解されておいでです！」

リイアは痛みに貫かれながらも身をよじり、王の言葉を遮り必死に言い募る。

「わたしは、女王に一度お聞きしたのです、なぜシェネウフ王を閉じ込めていらっしゃるのですか？　そんなにも愛していらっしゃるのに、と」

「……」

「女王は、失うことが怖いからと答えられました。あなたは即位したばかりの頃、お命を狙《ねら》われたそうです。外征を繰り返された先王のため王宮内は混乱し、女王ご自身も何度も危険な目に遭われたと……。ああ、王よ。女王は、ただ守ろうとされていたのです。幼いあなたのご成長を待つ間、女王は盾になろうと、あなたがよき王になるまで……」

「嘘だ」

「でも、あなたは女王を憎み、差し伸べられていた手を振り払い続けました」

「嘘だ……！」

「嘘ではありません。……いいえ、女王に権力欲がなかったとは申しません。果断なお方でしたから、そのような望みもあったでしょう。ですが、どうか信じてください、王よ。メデトネフェレト様は、あなたをとても深く愛されていたのです。……離宮に移されてから、あの方は、いつも、いつも、部屋の扉を見つめていました。あなたが来るのではないか、と。憎まれていても、――いいえ、憎んでいるからこそ、弱った自分を見に来るのでは……と」

「……」

「イブジェト、可愛いイブジェト――あのお方は、最期まで、そう言って……」

ついに喉が痙攣するようにふるえ、言葉が途切れた。鼻の奥が痛み、涙が滲む。あっという間に、視界がかすんだ。

しかしリイアは瞬いて、涙を払う。これだけは、伝えなくては――。

「……女王にとって、あなたは、いつまでも、小さな、……小さな愛しい、イブジェトであったのです……！」

同じ王に嫁いだふたりの姉妹――第一王妃と、第二王妃。

メデトネフェレトは、子供に恵まれなかった。だが妹に生まれた男児を抱き、出産で亡くなったその妹の代わりに日々成長する姿を見守って、彼女は満たされたのだろう。

「イブジェト……」

「あなたの、誕生名です」

「……そうだ、即位前の名だ」

王は、即位とともに新たな名をつける。女王が、アンセヘレトからメデトネフェレトとなったように。

シェネウフもそうだった。誕生から即位するまでの五年間、イブジェトと呼ばれた。イブとは心臓、ジェトは永遠を意味する。すなわち——永遠の心臓、と。

「王よ、どうか」

「黙れ」

かすれた声で命じ、シェネウフはうつむく。

「……黙っていろ」

少年時代と違い、広くたくましくなった肩がこまかくふるえるのを、リイアはじっと見つめた。シェネウフがなにを思い、なにを苦しんでいるのか、つないだままの手から伝わってくるような気がする。

——同じように、わたしの手からも伝われればいい。

あなたは愛されてきた。ひとりではなかったのです……。

◎ ◎ ◎

王宮の外れにある宰相に与えられる館の地下には、罪人を収容する牢が設けられている。地位の高い者を収める牢だったが、ブーネフェルはとくに、女王のためにと王に逆らった者たちを引き受けた。――その罪人たちを使い、また陰で働かせてきたのだ。

そしていま、館の主であった宰相が、その地下にとらえられている……。

南の倉庫の監督官を務めさせていた弟オルテムとともに、女王のためにとシェネウフに逆らい続けた一派を率いていたのは、あろうことか、長くそばにいて支えてくれた男だったのだ――。

石造りの日の射さない房は、通路に面した壁が外され、青銅製の柵が取りつけられていた。薄暗く、糞尿《ふんにょう》の臭いが立ち込めている。王にふさわしい場所ではない。しかし人払いし、シェネウフはひとり、そこに立っていた。

「ブーネフェル」

房の奥の暗がりの一部が動いて、人の輪郭を取る。

「……王よ」

感情のない声でつぶやき、ブーネフェルはシェネウフに近づいた。

柵をはさんで、ふたりは対峙《たいじ》した。

髪もひげも乱れ、破られた衣服から覗く肌に打たれた痕のある無残な姿に、シェネウフはわずかに眉をひそめる。宰相の地位にあった男だ。それを……。

だが、王の命を狙った大罪人だ。

——殺せ。

ブーネフェルはたしかにあのとき、そう命じた。

凶刃《きょうじん》をふるった下手人の取り調べは済み、すでに処刑されている。そのメドューをラウセルに従者としてつけたのも、ブーネフェルだった。

「……なぜだ？」

シェネウフは短い言葉で訊ねた。だが、それで十分だった。沈黙は長くはなく、ブーネフエルはすぐに答えた。

「わたしは子供の世話などしたくはなかったのです。あの人に仕えていたかった。……おそばにいたかった。だがあの人は女王となり、わたしを捨てました。……それでもあの人が現世を去られたとき、昔の想いがわたしを苦しめたのです」

「それで余を殺そうと？　……女王が病で伏せっていたころ、おまえは知らぬ顔をしていたではないか。なぜ、いまだったのだ」

女王が病で倒れ、館を出たシェネウフの命で王宮から放逐されたときも、離宮にこもる間も、ブーネフェルはとくに気にかけた様子はなかった。

彼はただ宰相として、女王を慕う一派へのシェネウフの対応に、もっと穏やかに、と意見するだけだった。

そのつど、シェネウフは意見を一蹴したが。

「……余を早く殺していればよかったではないか」

自虐気味に言うと、ブーネフェルは薄く笑った。

「愚かな。……女王があなたを愛しているのに、殺してどうします」

「……女王が、余を」

「そうです。――……あああ！　あなたはなんとお若く、愚かか！　命を狙われた幼いあなたを、どれだけ女王が案じたと思うのです？　なぜわざわざ大切に隠して教育する必要があったと……？　あなたがあの娘にしたことと同じでしょうに。大事だから、閉じ込めてしまったのですよ！　いつまでも私の言葉に翻弄されず、ご自身で考えなければなりません。あなたも玉座を得たのですよ、そのぐらい、おわかりにならねば困ります……！」

「――」

自分の命を狙った大罪人の、しかもそれは王に対しての許しがたい言葉だったというのに、奇妙なことに聞き終えた途端、胸が熱くなった。

ブーネフェルはいつも冷静だったが、シェネウフが幼い頃には癇癪《かんしやく》を起して声を荒らげることもあった。子供の頃はわからなかったが、いまではそれらの言葉が助言を含んでいたのを理解している。――いまのように。

「ブーネフェル」

「もうしわけございません、王よ……」

一時の激情に疲れ果てたように、ブーネフェルは長々と息を吐いた。

「……昔の想いが胸に満ち、代わりにあなたが憎くなったのです。あなたさえいなければ、と何度も思うようになりました。だが、お命まで狙おうとは……、――いいえ、どこかで考えていたのでしょうね、だから楽士の竪琴に細工した」

「……」

「メドューにそれを使えと命じたとき、後悔はありませんでした。……あなたは、ミアンを傷つけた。体裁で迎えた妻の子だったが、わたしにはたったひとりの娘でした」

「……そうだな」

父親の連座で、ミアンをどうにかするつもりはなかった。どのみち王宮から遠いイティ市の神殿で、俗世から隔離された生活を送っているはずだ。

「ブーネフェル、余を殺した後、どうするつもりだったのだ」

「……さあ、そこまで考えてはおりませんでした。どうせわたしは弑逆《しいぎやく》の罪ですぐ捕らえられたでしょうから。軍も神殿も、……そう、役人たちもなかなか優秀です。うまく使うとよろしい」

「……そうか」

シェネウフは小さく笑った。

ここに至ってまだ助言してくる男も、それを真面目に聞く自分も、おかしかった。

――この男は幼い自分に女王への憎しみを植えつけ、女王が死ぬと、やり場のない憤りを自分に向けてきた。殺そうとまでした。

その身勝手さ。理不尽さ。

だが、自分もそうではなかったか、と思う。女王に愛された兄妹がいると聞き、憎しみをぶつける身代わりにしようとしていたのだから。

シェネウフは長いため息を落とした。そうして落ち着いて探っても、心の中のどこにもブーネフェルを恨み、憎む気持ちはなかった。

――この男も愚かだったのだ。

リイアの言うように女王が自分を愛していたなら、そばにつけるのは、女王がもっとも信頼する人物だったに違いなかったのに。まして、命を狙われた後に託すのだから……。

心に残っている思いを見つめ、シェネウフは衝動のまま口を開く。

「……余も、おまえをだれより信頼していた」

ハッと、息を飲む気配がした。

沈黙の中で、ブーネフェルの形をした影がふるえていることに気づいた。

泣いているのか。嗤っているのか……。

どのみちもう知る術はない。ブーネフェルの処刑を覆すことはできなかった。逆心が明らかになったいま、彼を許すことは、王であるシェネウフ自身こそがしてはいけないことだったからだ。

目の奥が熱くなり、涙が滲む。

「さらばだ」

ふるえる声で言い、シェネウフは背を向けた。

柵の向こうから、答えはなかった。


宰相の処刑、それに続く一連の事件の解明と処罰。

王宮は一時、機能が麻痺《まひ》するほどの混乱に陥ったが、シェネウフの執政を支える軍と神殿の力添えで、収束は速かった。

シェネウフは新たな宰相を選ばず、王の顧問官として太陽神殿から神官数名と、行政からも能吏《のうり》として名高い役人を数名ずつ用意させた。

王を頂点に一本であった権力図を複雑に変えたのだ。反発もあったが、おおむね改革は受け入れられている。

「あとは、地方だ」

シェネウフは、まだ安静を命じられているリイアのもとを訪れ、疲れは見えるが溌剌とした表情で告げた。

日射しの強い午後のことで、露台《テラス》越しに白く明るい光が満ちていた。隅に控えた侍女たちが、部屋にこもった熱を孔雀の羽を用いた大きな扇《おうぎ》であおぎ、ゆるやかな風の流れをつくっている。

背にクッションを当て上半身を起こしていたリイアは、「地方に？」と小さく聞き返した。

「そうだ」

寝台の縁に腰かけたシェネウフは、リイアの手を握り、頷く。

「州侯《しゅうこう》たちと、もっと緊密に話し合おうと思う。地方は、都を支える力だ。余の助力となるよう、努めさせなくてはならない」

「……」

リイアは黙って頷いた。

政治のことはまったくわからなかったが、ひとりですべて行うのではなく、周囲に目を向けるシェネウフの姿は、正しいことだと思った。

「では、お出ましになるのですか？」

「うむ。すぐに戻るが、また別の都市にも行こうと考えている」

「そうですか」

では、しばらく離れることになる――リイアは気落ちする自分を戒め、なるべく明るく微笑んだ。

怪我がよくならなければ、ついていくこともできない。まだ寝台から起き上がることさえつらかった。船旅など、とても無理だった。

「……どうか、お気をつけて」

「うむ」

嬉しそうに、屈託なく答えるシェネウフの姿に、わずかに胸が痛む。

――わたしと離れても平気なの……？

それがわがままな問いだと承知している。王には、国土を守り導いていく大切な務めがある。たかがひとりの女の身と、比べようもない重要な役割だ。

だが、リイアの不安は消え去らない。怪我をしてから、シェネウフは手を握るだけで、それ以上、触れなくなった。

「どうした？　冷たくなったぞ？」

シェネウフが不思議そうに、リイアの手を持ち上げた。

「痛いのか？　疲れたか？」

「……いえ、あの、少し……」

曖昧《あいまい》に答えると、シェネウフは「そうか」と手を離した。

「ゆっくり休め。十日ほどは戻るまいが、女官たちにもよく言っておく。ナクト将軍にも目を配るよう、頼んである。――身体をいとえよ」

「はい……」

去っていく背中を見つめながら、リイアの不安は、大河の増水のようにじわりじわりと増していく。

シェネウフはあれから、女王に関したことを口にしていない。憎いとも、すまないとも、許すとも、なにも。

だが、確実に王は変わった。

リイアは不安でたまらなかった。もともと、女王への憎しみを持て余し、代わりにぶつけるために呼ばれた女だった。いつか愛情を抱いてくれるようになったのだが、王がもしも興味を失ったら？

――昼と夜だ。

処刑されたブーネフェルの言葉が耳の奥によみがえる。――空で交互に繰り返されるあの営みのように、移ろいやすい……。

リイアは目を伏せ、自分の手を重ねて握った。たしかに、指先が冷たくなっている。

人目を気にせず、泣きだしてしまいたかった。

泣いたら、王はまた抱いてくれるだろうか？

泣くな、と言って優しくわたしを見つめてくれるだろうか……？。

月神のように夜にひとり現われ、強引に抱いていくシェネウフが、なぜか恋しかった。あの頃の王は、強く、何度も求めてくれた。この世界にただひとり、すがる相手がリイアしかいないと言うように。

癇性で恐ろしかったが、反面、ひどく可愛らしいときさえあった。

——わたしだけが知っていた、少年のままの王の顔。

そして抱くときは、まるで世慣れた大人の男のようにリイアを翻弄し、優しく、甘く、いつまでも腕に閉じ込めてくれていたのに。

「王……」

疼くような傷の痛みを感じながら、リイアは自分を抱くように腕を回した。

もう何日も、触れられていない——触れていない。

身体の奥に、ひどく乾いたものがあることを自覚した。乾き、熱を持った、この欲。

「……」

顔が、熱くなってくる。

リイアは自分を恥じた。だが、目を逸らすことをしなかった。

った。

——浅ましくてもいい。王に求められたい。抱かれたい。

愛する人のそばにいたい……。

だが王が戻ってきたとき、はたしてまだ求めてくれるのかと、不安がいつまでも離れなかった。

傷が塞がったと医師から告げられたが、その後も疼くような痛みと、周囲の肉が引き攣れるような違和感は続いた。

それでも上半身を固めていた包帯も取れ、いまでは左の上腕部に包帯を巻いているだけで、日常生活にさほど支障はない。

「無理はいけません。急に動かしたりせず、痛みがあったときは安静にすること」

医師の言葉を守り、リイアは静かに過ごしていた。

王妃にする、と口にしたシェネウフだが、事件の後、なんらかの地位を与えることも、それを言明することもなかった。

しかし女官や侍女たちは、王族に接するように慇懃《いんぎん》な態度を通し、食事から着替え、湯浴みに至るまで不備のないよう努めてくれる。

贅沢《ぜいたく》をいえば、することのない退屈さがつらかった。余計なことを考え込んでしまう時間がたっぷりあることが。

——シェネウフ様……。

十日後に戻ると言っていたが、王宮に着いたその三日後には、またすぐ別の都市へと出向いていった。リイアとはほとんど擦れ違いで、ろくに顔も見ていない。ただ闊達とした笑い声だけが鮮明に耳に残された。

——王は、もう……？

鬱々《うつうつ》とした日々だったが、それでも傷は回復していく。

季節は増水季《アケト》間近になっていた。東の空にソプデトの星が現われれば、新たな年がはじまる。そうなれば、また祭事が続いて王は多忙になるだろう。

時が経つのも忘れて物思いに耽るリイアのもとに、女官のひとりが知らせを持ってきた。

「明日、王がお戻りになられます」

椅子を蹴ってリイアは立ち上がり、請うように尋ねる。

「お迎えには？　わたしも行ってもいいかしら」

「いけません」

すげなく断られる。

「リイア様の外出は、王が固く禁じておられます。王がお呼びになるまで、お待ちくださ い」

「……」

リイアは力を失って、椅子に座り込んだ。

お呼びになるまで――。

それはつまり、呼ぶまで来るな、ということだった。

七章

　シェネウフの地方巡察が終わり、王宮では久しぶりに大がかりな宴が催されようとしていた。

　地方から多くの州侯たちが集い、また、外国からの賓客も招いている。一日で済むものではなく数日間続けられる予定で、そのぶん、準備も手間がかかった。

　玉座に座る若き王もまた、執務に追われている。

　それでなくとも王都を離れていた期間、仕事は溜まっていた。だが、宰相の仕事を引き継いだ役人たちの助けもあり、処理は思ったより速い。

　いずれ落ち着くだろう、とシェネウフは玉座に深くもたれ、息を吐いた。

「王よ、黄金細工の工房の監督官が参りました」

「来たか」

　侍従に案内された監督官が、玉座の前で跪く。

「シェネウフ王におかれましては、いつもながら雄々しく……」

「挨拶はよい。これを見てくれ」

　シェネウフは気軽に玉座を降りながら、顔を上げた監督官の前で、右腕に嵌めていた腕輪を外した。ハルゥ神の鷹の頭部を象った黄金細工の腕輪だ。

「留め金がゆるんでいるようで、気になった。似たものを新しくつくってほしくてな」

「そうでございますか」

監督官は複雑な表情で足元に目を落とす。そこには、白い布で覆ったものが用意されていた。

「わたしはてっきり、こちらをご覧になるのかと」

「ん？　――おお、これか」

監督官が布を外しながら差し出したものを見て、シェネウフは破顔する。

ずいぶん前に所望した、蛇の腕輪だった。しかも――。

「舌が長くなっているではないか！」

口先からちらりと覗く紅玉髄でつくられた蛇の舌は、以前のものより倍近く長い。

監督官は得意顔をする。

「強度を保たせるのに、苦労いたしました！」

「そうか、おまえが苦労したのか」

シェネウフはすっと目を細める。

「――新しい職人がつくったのでは？」

「う、……いえ、苦労していたのを、見ておりまして……」

監督官がさっと顔ごと目を逸らす。

その視線の先に回り込んで、シェネウフは胸の上で腕を組み、見下ろした。

「正直に申せ」

「……わたしがつくりました」

「監督官」

「は、その……、実は、前のものも、わたしが作りました。円盤の装身具も。……新しく招いた職人など、いなかったのです。その、監督官になってから、自由に作れず、わたしは」

もうしわけありません……、と消え入りそうな声で言って、監督官は額を床にこすりつけるように平伏する。

シェネウフはため息をついて身を屈めると、監督官の手から蛇の腕輪を拾い上げた。

「そなたを監督官にしたのは、余の感謝の気持ちだった」

「はい……」

「余が玉座に戻ったとき、一番にこのハルゥ神の腕輪を捧げ、祝福してくれたことが嬉しかったからだ」

「それは、ありがたく……」

監督官とは呼び名通り、職人たちを含めて工房のすべて管理する立場の者だ。役人ではなく職人上がりの監督官はめずらしかったが、この男はなかなかうまくやっていた。

手の中の、黄金で造形された蛇を見つめる。細部までこだわり、非常に美しく作られていた。鱗の一枚一枚、その下の筋肉まで感じ取れるようだ。

シェネウフは蛇の舌を親指の腹で撫でた。

「――工房の監督官には、別の者を用意する」

「……っ」

ハッとしたように、監督官は顔を上げた。

わずかな恐れが滲むその顔に、シェネウフは安心させるように笑いかける。

「そなたは一介の職人として、また余の気に入るものを自由に拵えるがいい」

「王よ……」

「その前に、これと同じものをな」

蛇の腕輪の代わりに、留め金のゆるんだ腕輪を手渡すと、両手で掲げ持った元監督官は、感慨深げに目を細めた。

「……王よ」

「なんだ」

「わたしは三年前、王が玉座に戻られたとき、たしかにこれをお渡しいたしました。……ですが、自分で考えて作っていたものではございません」

「――……女王、か？」

躊躇ってから、シェネウフは質問の形で確認した。

軟禁されていた若い王が玉座に戻ると同時に、ハルゥ神の腕輪を差し出す——その小賢しさは、一介の職人が考えるような、とくにこのような実直な男のすることではなかった。命じられない限りは。

はたして男は「はい」と頷いた。

「メデトネフェレト女王は、こうしたものを用意しておくように、と、わたしにご自分で描かれた図画をお渡しになられました。病に倒れられたのは、そのすぐ後です」

「……そうか」

鷹の頭部を持つハルゥ神は、王の象徴だ。とくに、王の若さと強さを表す神である。

シェネウフに、これほどふさわしい贈り物はなかった。

「もうしわけございません、これまで、保身を考え黙っておりました」

ふたたび平伏する男を見下ろし、シェネウフは踵《きびす》を返して玉座に戻った。

「……女王は、余を愛していたのだな」

工房の監督官だった男は、ハッとして顔を上げ、自らがつくったハルゥ神の腕輪をきつく握った。

「そのように……、感じました」

「そうか」

抑揚のない声で答えて、シェネウフはそのまま黙り込んだ。

職人に戻った男は、落ち着きなく目をさまよわせ、そっと身体を伏せたまま退出しようとする。

「監督官……、ではなく、職人よ」

「は、……は！」

呼び止めたシェネウフは、男の持つ腕輪を指差した。

「同じものはつくらなくてよい。その代わりそれを完璧に直し、余に、返してくれ」

◈ ◈ ◈

遠くに、楽士の奏でるリュートの音色が聞こえた。軽やかに叩かれるタンバリンの音が、それに絡んでいく。

「……」

リイアは黙って、窓を閉じた。壁をくり貫いた窓は、夜の女神を描いた薄い扉で閉じられるようになっている。

卓に置かれた筒型の燭台には火がともり、黄色と赤色が混じったほのかな灯りがリイアを照らした。

夕刻に湯浴みを済ませ、腕の包帯も取り替えられた。侍女たちが用意してくれた夜着は、胸の上からくるりと身体を巻いて腰紐で留めるもので、裾はくるぶしにかかる。

むき出しの細くなめらかな肩に、まだいくらかしっとりと濡れている黒髪がふりかかっていた。

リイアはちらりと、薄布が垂らされた寝台を見た。

もう休もう。――王は、来ない。

帰還を祝う宴が開かれているのだ。主役である王が座を外すことはない……。

宴に招かれることもなかったリイアには、聞こえてくる楽の音色が嘲笑に思えた。

まだ期待している自分が惨めになる。

リイアは目元を拭うと、その手で燭台に触れた。身を屈めて吹き消そうとしたとき、カタン、とわずかな音が聞こえた。

扉の軋む音と、カチ、と床を踏む、硬いサンダルの音――。

「リイア」

通路のかがり火を背に受け、背の高い人影が立っていた。

ハッとして見つめるうち、後ろ手で扉を閉め、リイアの手元の灯りの輪に入ってくる。

「王……」

「戻ったぞ、リイア」

シェネウフは乱暴な手つきで王だけが被るネメスを外し、床に投げた。

「起きていて、大丈夫なのか？」

「は、はい」

「そうか。医師や女官から大事ないとは聞いていたが、……包帯は、まだしているのか」

近づいたシェネウフに腕をつかまれる。驚きに、リイアは小さく声を上げた。

「すまん、痛かったか」

慌てて、シェネウフは手を離した。

しかしリイアはその手を追って、両手でしがみつく。

「なぜここに？　宴は……」

もう片方の手でリイアの腰を引き寄せながら、シェネウフが笑う。

「おまえに会いに行くと言って、抜け出した」

「そんな……」

「ひさしぶりに抱くと言ったら、みな、笑っていたぞ。行ってやりなさいとけしかけられた」

おもしろいな、と続けてシェネウフは、首を傾けてリイアの額に自分の額を当てた。

「……余はこれまで、強い王であろうとしてきた。弱みを見せないように。そうして多くの者が離れていった。だが、いまはだれもが助けてくれる。頼む、手を貸してくれと口にすると、身を差し出して余のために働いてくれる」

「……」

「おまえのこともそうだった。女官たちに、大事な女だからどうか頼むと言い残しておいた。そうしたらこんなに元気になった。……やっと、おまえを抱ける」

顔が近づいて、シェネウフの唇が重ねられた。触れるだけですぐに離れ、「リイア？」と不思議そうに問われる。

リイアの目から、涙がこぼれ落ちた。

「……もう、わたしに、飽きたのかと」

「なに？」

「触れることも……、会うことも、あまりされなかったので、わたし……」

「おまえは！」
ハ、と笑って、シェネウフはふいにきつくリイアを抱き締めた。その細い肢体と、甘い芳香を味わうように大きく息を吸って、さらに全身を密着させる。
「おまえは本当に――なんと言うか……！　なぜそう考えるのかわからん。おまえは怪我をしていたのだぞ？　そんな状態で、抱けるか！」

「でも」

「すまん」

シェネウフは抱き締めたリイアの髪を撫でた。

「すぐに会いに来てやれず、不安にさせた。それに、怪我を負ったおまえのそばにいてやるべきだった。……だが、余は王だ。務めをおろそかにはしたくない」

「はい……」

「顔を見たら、抱きたくなる。おまえから離れたくなくなるから……ずっと、我慢していた。近くにいるだけでも傷つけるのではないかと……、その、我慢ができなくなったら大変だろう？　おかげで王宮から離れていた間、頭がおかしくなりそうだった」

「……」

「もう、いいな？　痛くないな？　……ずっと触りたかった、リイア――」

シェネウフの手が頬に触れ、顔を上げさせられた。あ、と思ったときには唇が塞がれて、すぐに息ごと奪うような激しいものになる。

リイアは目を閉じた。

「う……ンッ……」

性急に舌をすくわれ、きつく吸われる。

上顎をこすられる刺激に、膝から力が抜けた。リイアはシェネウフの熱い身体にすがりついて、必死で自分を支えた。

「王……、あ」

夜着の紐を解かれ、剝ぐように取り払われ、足元に柔らかな布が落とされた。シェネウフはそれを踏みつけて、リイアを抱き上げた。

「痛むか？」

横抱きにされ、反射的にシェネウフの首に手を回したリイアは、眉根を寄せながら首を横に振る。

「いいえ、いいえ……！」

胸を密着させるようにしがみついて、溢れる衝動のまま、叫ぶように言った。

「……どうか、このまま……っ」

シェネウフは寝台にリイアを下ろし、すぐに蹴るようにして自分のサンダルを外し、覆い被さってきた。

熱い身体とその重み。

「シェネウフ様……！」

これが欲しかったのだと、心が歓喜で満たされていく。

しがみつくリイアの手をかいくぐり、シェネウフは赤く色づいた乳房の頂を口に含んだ。もう一方を手のひらに収めて、ゆっくりと揉みはじめる。

「ぁ……アッ、ン……」

背筋を這いのぼる快感に、リイアはたまらず仰け反った。

濡れた舌が固く尖った乳首を擦り上げ、周囲のふくらみごと口で吸われ、唇に挟んでつまれる。

「ア……ッ、あ、あぁ！」

ひさしぶりに触れ合うことで、シェネウフもひどく昂ぶっているようだった。愛撫は忙《せわ》しく、次々と場所を変えていく。

乳房にあった手を素早く下ろしてリイアの秘所に差し込み、すでに濡れていたそこを、すべての指を使って触れてきた。

割り広げられ、ほころんだ秘裂を上下にこすられ、潤いを広げられる。敏感な部分を見つけ出した指が、舌で擦るように滑って柔らかく刺激する。

「いやァ……ンッ、や、ぁああ……」

無意識に、腰が跳ねた。

シェネウフは追い詰めるように執拗にそこをいじり、ときおりほかの指で周囲をなぞった。

リイアは爪先を伸ばし、頭を仰け反らせた。むず痒いような、熱いような――せり上がる快感に頭の中がぼうっと痺れ、呼吸ができなくなっていく。

「あ……あぁ、あ――……っ！」

シェネウフの指の動きが速まり、一気に絶頂へと押し上げられた。

下腹部の奥がきゅっと締まり、秘所が、ぴく、ぴく、と痙攣する。その強烈な感覚に、リイアは意識を失いそうになった。

「リイア」

ぐったりしたリイアの首筋を舐め上げ、シェネウフの顔が重なってくる。なぞるように今度は下唇を舐められた。

「王……」

応えて差し出した舌を唇ではさまれ、シェネウフの口内で舌先を弾くようにされる。

絶頂の余韻で力が抜けたままの足を広げられると、シェネウフが身体を割り込ませてきた。腰布を外し、隆起したものを腿に押しつけながら、秘所に深く指を潜り込ませる。

「あ……っ」

濡れたそこは抵抗なくシェネウフの指を受け入れ、抜き差しされるごとに新たな欲を溢れさせて、淫らな音を立てた。

引き抜いた指を使って割り広げたまま、シェネウフは腰を当てた。太い切っ先が、無理に押し入ってくる。

「……あ、あああ、あ……、シェネウフ、さ、まぁ……ッ！」

熱く太い欲望に貫かれ、痛みが走った。ひさしぶりなせいか、よく慣らしていないせいか。リイアの額に汗が滲む。

「や……つ、い、……痛ッ」

「リイア……すまん……っ」

リイアの頭を抱え込むようにして、シェネウフは呻いた。

「我慢、できない……！」

「あっ、ああ……っ」

シェネウフの腰の動きが速まり、奥を激しく突かれた。

間断なく濡れた音が響き、寝台が軋んで、揺れる。

抱え込んでいた頭を放して、シェネウフが唇を重ねてきた。一方的に口腔を蹂躙《じゅうりん》され、リイアの息が上がる。

苦しさでもがくようにシェネウフの胸を押すと、唇は互いの唾液を引いて離れた。片手を顔の脇につき、もう片手でリイアの腰を支えて、シェネウフは突き上げる情動をぶつけるように、激しく動く。

「ンッ、………んーッ……ぁ……っ」

揺さぶられながら、シェネウフの昂ぶりに同調し、全身が熱くなっていった。

ふいに、どっと快感が押し寄せた。痛みさえも飲み込まれ、奔流《ほんりゅう》となって駆けめぐる。

もっと、もっと——リイアの両足が、無意識にシェネウフの腰をはさんで、締めつける。

突かれる位置が変わって、快感が増した。

「……ッ」

シェネウフが短く、呻く。

苦痛をこらえるように歯を食いしばり、ぴたりと腰を密着させて動きを止めた。体内に埋められた欲望がふくらむ。

「く……ッ」

ふたたび腰を動かしながら、シェネウフは迸らせた。長く息を吐きながら、リイアの中に塗り込めるように、深く突いて。──やがてぐったりと力を抜いて、覆い被さってきた。

熱く、肌が汗ばんでいる。リイアは引き絞られるような痛みを胸の奥に感じながら、その大きな身体を受け止める。

──飽きられたのではなかった。捨てられたのではなかった……。

それどころか、こんなにも激しく求められた。リイアは嬉しさのあまり、微笑んでいた。

快楽とは別の、もっと喜ばしいもので満たされる。

「すまん……」

シェネウフは肩で荒く息をつきながら、身体の下に敷いたリイアをきつく抱き竦めた。

「……痛かったか？」

そっと、窺うように訊いてくる。

「いいえ──あ……」

リイアは腕を上げて、シェネウフを抱き返した。包帯の下の傷が鈍く痛む。一度気づくとそれは、ズキズキと脈打ち痛みだした。

「……腕が、少し」

「なに？」

シェネウフは素早く身体を起こした。その動きでつながっていたものが抜け、ふたりの蜜が伝い落ちた。

いつまでも慣れないその感触に、リイアはとっさにギュッと目を閉じる。それを誤解したのか、シェネウフは焦ったようだった。

「痛むのか？　傷が開いたのか？」

「いえ……、あ」

背中に腕を回され、一気に引き起こされる。向かい合う形で座らされ、いまさらながら羞恥がこみ上げた。リイアは腰で後ずさりながらぎこちなくうつむいた。

「だいじょう、ぶ、です……」

事が済んだ後は、いつも気まずいような、いたたまれない気持ちになる。自分の淫らな声や、シェネウフの息遣い、律動とともに響く濡れた音などが思い出され、恥ずかしくてどうしようもなくなるのだ。

淡い灯りに斜めに照らされた自分の身体を抱き、隠すように身を縮める。

「痛くないのか？」

シェネウフは、そんなリイアの前に手を突いて、ずい、と顔を近づけた。

「痛くないんだな？」

「あの――」

「痛くなったら、すぐに言え」

「王？　……あ、……きゃッ！」

子供を抱くように脇に手を入れられ、軽々持ち上げられる。そのまま反転させられ、寝台の上でリイアは背中越しに抱かれていた。

「王、あの」

「こうしていたいんだ」

笑いを含んでささやくシェネウフの顎が、右肩に乗せられる。

両腕が腹部に回され、さらに引き寄せられる。リイアの背中とシェネウフの胸とがぴたりと密着した。汗ばんだ肌と体温を感じ、ぞくりとした。

熱を含む甘い匂いがそこかしこに、とろりとまとわりついている。

リイアを懐に抱いたまま、シェネウフはしばらくじっとしていた。かすかな息遣いだけが聞こえ、吐息が肌に触れる。

「王……？」

「こうしていると、落ち着く。おまえは、どうしてこんなにいい匂いなんだろうな……」

肩にかかる髪が滑り、あらわになった首筋に、シェネウフの唇が押しつけられた。肉を剝ぐ獣の舌のように強く舐められて、リイアの身体が竦む。

「や……」

声を上げるとシェネウフは楽しくなったのか、首のあちこちを舐めはじめた。ときおり吸い、軽く歯を立て嚙む真似をする。

「あっ、……や、王……！」

くすぐったさが、奇妙な熱をまた生み出した。リイアは身じろいだ。さきほどまでシェネウフを受け入れていた身体の奥が、痺れるように熱く疼きだしている。

「王……っ」

「おまえの声も好きだ。もう言ったか？　宴でおまえの歌を聴いたときから、こうして鳴かせてみたかった。……何度耳にしてもいいな」

「ぁ……ン……ッ」

肌の上を滑って、硬い手のひらがリイアの乳房をすくうように揉み上げ、親指の腹で中心をこすられる。

さらに尖らせるように、シェネウフは丹念にいじりだした。指先でつまみ、こすりながら引っ張られると、強い刺激に全身がふるえる。

リイアは身を折るようにして、シェネウフの手から無意識に逃げた。しかし乳房を包んだまま強引に引き戻され、さらに官能を引き出すように激しく攻められる。

「王……、あっ、ああ……」

両方の乳房をいじりながら、シェネウフはリイアの耳を背後から舐めた。熱い舌の動きと濡れた音に煽られて、リイアの声が止まらなくなる。

「……もっと、声を出せ」

乳房から離れた手が滑り落ち、疼きをこらえてこすり合わせていた太腿の間に差し込まれた。ぐい、とそこを開かれて、絡んだシェネウフの足に押さえつけられる。

両足を開いて座る自分の淫らな格好に、リイアの頭の芯が灼《や》ける。

「ア……ッ」

そっと秘所全体を撫でられて、声が上擦った。求めるように腰が揺れるのを止められない。

「リイア」

耳朶を食みながら、シェネウフが含み笑う。

「触って、と言え」

「ぁ……、あ、ぅ……ん……っ」

「——してほしいと言え、リイア……」

開いた指先が、秘所を覆うように置かれた。中指だけが羽のように軽く、熱く疼く中心に触れる。

「どうする？」

「はぁ……、お、王……」

「早く、言え」

秘所に当てた手は動かさず、シェネウフが促した。もう片方の手で強く乳房をこね、指先で先端をつまんでくる。

「シェネ、ウフ、さま……っ」

思わず催促するようにシェネウフの腕をつかんで、リイアは背を仰け反らせた。首をねじって見つめ、懇願する。

「し……、して、ください、……触れてください……！」

「リイア」

シェネウフの笑った顔が傾き、斜めに唇が重なった。音を立てて舌が絡み、同時に、シェネウフの指が、リイアの求める場所に強く押し当てられた。

「シッ、ん……っ」

リイアの腰が跳ねた。

待ち望んでいたように歓喜にふるえ、シェネウフの指を迎える。

弦を弾く奏者の指のように滑らかに上下に激しくこすられ、突き上げた悦楽に喉がふるえた。

「は、ンッ……、ゃああっあ……っ」

つかんだままのシェネウフの腕をきつく握り、全身をくねらせた。そうして背を預けるうち、身体がずり下がっていった。代わりに、腰が浮く。

熱く蕩ける内部に、指が潜り込んだ。一度、挿れられ敏感になっていたそこを掻くようにいじられた。

つらいほどの快感に襲われ、リイアは無意識にいやいやするように頭を振る。

しかしシェネウフは容赦しなかった。指が増やされ、さらに歓喜を与えてくる。

「……あ、もう……っ、ああ——……」

リイアの下腹部は、些細《ささい》な動きまで感じ取ろうとするように蠕動《ぜんどう》し、シェネウフの指を飲み込んでいく。もっと強く、もっと激しく——もっと太いもので貫いてほしかった。淫蕩な身体を恥じる気持ちが、萎《しぼ》んで消えていく。

「シェネウフ様ぁ……っ、もう、も……ぉ」

荒い呼吸の合間に、鼻にかかった甘い声でねだっていた。

ずり落ちた背中の中心に、硬く勃《た》ち上がっているシェネウフの欲が当たっている。

「もう？　もう、なんだ？」

しかしシェネウフの声音は、それを感じさせないほど余裕があった。その落差が、リイアをより熱くさせる。

――ああ、王が欲しい。シェネウフ様が、欲しい……。

リイアは筋肉の張った硬い腕にすがって身体をよじり、指先を揃えて手を伸ばした。

「リイア……！」

屹立した自身に触れられ、シェネウフが驚いた声を上げる。

嫌悪や怒りがあれば、すぐにリイアもやめた。だが、シェネウフはただ純粋に驚いただけのようだった。

こくりと喉を鳴らし、リイアはシェネウフの怒張を手で包む。

ふくらんだ先端からそっと撫で下ろすと、リイアを背後から抱える格好のシェネウフの全身が、ぴくりと反応した。

どのように愛撫すればいいのかわからない。けれど、少しでもシェネウフが気持ちよくなれるよう、指が回りきらない、太く熱いその欲望を優しくしごく。

「……リイア」

ぴく、ぴく、とふるえて反応する先端に指を滑らせ、蜜をこぼすくぼみを撫でると、シェネウフは声をかすれさせ、たまらなくなったようにリイアを抱き締めた。

「だめだ、そんなことをするな」

「も、もうしわけ、ございませ」

「違う、謝らなくていい」

慌てて放したリイアの手を上から握り、シェネウフはふぅっと長い息を吐いた。

「……おまえに触れられただけで、果てそうになった」

自嘲しながら、シェネウフはふたたびリイアの秘所に手を伸ばした。しっとりと濡れ、ふくらんで熱いそこに手のひらを当てて押すように愛撫する。

「ん……っ」

「果てるなら、おまえの中がいい。……挿れていいか？」

「……は、はい、い……挿れて、くださ、い……あっ！」

「こっちを向け」

シェネウフは絡めていた足を外し、リイアの腰と膝下をつかんで軽々と持ち上げた。身体を反転させられ、真向かう格好になる。シェネウフの足をはさんで両膝を突き、中腰にさせられたリイアが肩に両手を置くと、腰をつかんだ手に力が込められた。

引き寄せられ、互いの胸がつくほど距離が縮む。

常とは逆に、濡れ光る黒々とした目を見下ろしてリイアは戸惑った。しかし絡んだ視線さえも甘く熱を帯び、誘われるようにして唇を重ねる。

触れただけの唇が離れると、見上げてくるシェネウフの目が、まぶしげに細められた。

「そのまま、自分で挿れてみろ」

「え……」

角度を持って勃ち上がっているシェネウフのものが目に入り、カッと頬が熱くなる。

「そんな、わたし……」

「じゃあ、こうしているか」

背後からふたたび、指で秘所をいじりだされる。

リイアは「あ！」と悲鳴に似た声を上げて、思わずシェネウフの頭を抱え込むようにして、体勢を崩した。

「や……、もう、ああ……ン……ッ」

逆に突き出すような格好になって、シェネウフの指の動きが速まった。しかし、けして絶頂にまで導こうとせず、やわやわと触り続けられる。

焦らされ、リイアの腰が揺れた。

「……シェネウフさまぁ……！」

「この――」

根負けしたようにシェネウフは笑い、首を伸ばし、音を立ててリイアの唇を吸った。

「ずるいな、そんな声で」

「え……？」

「そのまま、腰を落とせ」

「……ん、ンー……ッ」

座ったままのシェネウフに腰を押され、落とされていく。開いた割れ目の奥に、太くなった先端が当たった。

その質量に怯え、一瞬、リイアの腰が止まる。

「リイア……」

耳元でささやかれた声に促され、リイアは全身を小刻みにふるわせながら、自ら腰を落としていった。

「……ぁああ——……ッ！」

先端が入ると、落とす身体の重みで、深く、深く貫かれていく。

「は……っ、ぁ……ああ……」

「リイア……！」

腰を両手で縛められ、身体を上下に揺すぶられる。

「……あッ！　あ……あ！」

シェネウフの首に腕を回したまま、リイアの背が反った。硬く尖った乳首がシェネウフの胸でこすられ、焼けるように熱くなる。

そのまま揺らされ、奥まで突き上げられる快感で、紗《しゃ》がかかったように頭の中がぼやけて白くなり——。

「あぁ——……っ！」

のぼり詰めたリイアは、体内の奥深くに埋められたシェネウフ自身を締めつけた。硬く、力を保ったままのその形を感じながら、二度、三度とふるえる。

「……くっ、リイア、まだ、だ」

強烈な絶頂の余韻の中、シェネウフはきつくリイアを抱いて揺らした。

蕩けていく身体を支えきれず、リイアの腕がシェネウフの背を滑り落ちる。ひどく遠くに傷の痛みを感じて、知らず「痛い」と口にして、はじめてシェネウフは動きを止めた。

「リイア？」

シェネウフはリイアの身体を抱きしめて持ち上げ、足を抜いた。下半身をつなげたままリイアをゆっくりと仰向けに倒し、体重をかけないように肘を突いて、見下ろしてくる。

「……痛むか？」

頰に手を添えられ、心配そうに覗き込まれた。うっすらと目を開いたリイアが微笑むと、シェネウフは目を細め、添えた手で優しく頰を撫でてくる。

「すまん、無理をさせた」

「……いいえ」

リイアは右腕を上げて、汗が流れるシェネウフのこめかみに、指先で触れる。

「あなたが満足するように、抱いて、……ください。シェネウフ様……、それが、わたしの喜びなのです……」

「余の喜びも、おまえが満足してくれることだ」

シェネウフは優しくリイアに口づけした。

唇を離すと、シェネウフはゆっくりと腰を使った。抜き差しは大きく、不規則で、リイアの反応を見ながら、次第に速まっていく。

じわりと湧いた快感はすぐに大きくなり、リイアを溺れさせた。

両腕でシェネウフを抱き、さらに膝を曲げた両足を絡めてすがりつき、リイアはこらえきれない嬌声を上げた。

「リイ、ア……！　いい、か？　気持ちいい、か……！？」

「……ああッ、――あ……っ」

潤む目でシェネウフを見上げ、リイアは必死で答える。

「はっ、はい……っ、はい……あ、ああ……っ、お、王ぉ……っ！」

腰を抱えられ、激しく打ちつけられる。けれど、一方的ではない。

リイアはシェネウフの興奮に合わせ、悦びに浸った。

「シェネウフさまぁ……あっ、あー……っ！」

「――リイア……」

間遠く、シェネウフの声が聞こえる。荒く息を継ぐ合間に、思わずこぼれた言葉のように
それは、ただ一言。

「……愛している――！」

「――……ッ！」

声のない悲鳴を上げて四肢を強張らせ、リイアは仰け反った。

官能の果ては、しかしリイアだけではなかった。

「……く、ぅッ」

締めつけた内部で、シェネウフの欲が弾ける。

熱い飛沫《ひまつ》をすべて吐き出すと、シェネウフはふるえる長い息をついた。

「リイア……、リイア、愛している。……おまえを、心から」

「……シェネウフ、さま……、わたしも、です。わたしもあなたを……」

重なってくる弛緩した身体を抱き締める。

「……心から愛しています」

愛する人に愛され、求め合う喜びに、リイアは限りない幸福を感じて目を閉じた。


リイアはシェネウフの腕に頭を乗せ、背中をたくましい胸にぴたりと密着させた状態で、上掛けごと抱き締められていた。大きな手に、腰あたりをゆっくりとさすられている。甘美な余韻を楽しむように。

淡い赤と黄色の灯火の光に包まれた寝台には、官能の匂いが残っている。甘いけだるさは、水の上を漂うような心地よさがあった。

「リイア……」

「はい」

顔をずらして目線を上げると、すぐ間近で、シェネウフの唇が動いた。

「女王の即位名を、いくつか削った」

「……」

「太陽神殿の壁画と、墓所の祭壇と、……あと、もう少し削るだろう」

リイアの中から官能の名残が消えた。

王の名を削る。――それは存在の証をそのまま葬ることだった。

しかしそれが、女王メデトネフェレトの望みだった。彼女は最期に自分の権力欲を悔い、愛しんだ甥の手ですべてを消すよう、リイアに託したのだ。

だが、あまりにもつらいことだった。女王の存在がなくなれば、慈しまれた自分の存在も、なくなってしまう気がした。

「削ったところに、余の名を入れる」

「――はい……」

シェネウフはやはり、女王を許せなかったのだ、と思った。

実際、シェネウフは館に閉じ込められていた。その事実は覆せない。

仕方のないことだと自分に言い聞かせながら、それでも胸が痛みリイアが目を伏せると、頭を乗せていたシェネウフの腕が動いて、その指先で優しく髪を梳《す》いてくる。

「……余は、女王を覚えていない。おまえやブーネフェルが言ったように、余を大事に思っていたのかもしれないが」

「そうです、王。その通りで――」

「覚えていないのだ、リイア」

素早く言って遮り、シェネウフはぎゅっとリイアを抱き締めた。

「思い出したくないのかもしれない。あまりに長い間、余は女王を憎んでいた。……だが、知りたいと、いまは思う」

「……」

「だから、おまえが教えてくれ」

「え」

「女王のことを。リイア、少しずつでいい。少しずつだ」

「……はい」

繰り返された言葉に、シェネウフの葛藤を感じた。女王への憎しみは、王の心を長く蝕んできた。解されることを急いではならないのだろう。

「削った名のことだが」

しばらく黙っていたシェネウフが、そっと身じろいで言った。

「そこに、新たに余と、……メデトネフェレトの名を入れようと思う」

「え――」

一瞬、理解できず、リイアは身をよじって肩越しに王を見た。

「名を……、女王も……？」

「そうだ。共同統治者だったのだから、ふたつの名を連ねてもよいだろう」

「……ああ、王……！」

ゆっくりと、リイアの心に嬉しさがこみ上げてくる。

並んで刻まれた王の名は永遠に残され、後の世の人々はそれを見て、互いを思いやるふたりの愛情を知るだろう。

女王でさえ、まさかこのような結末になるとは思わなかったはずだ。悔悟《かいご》の中で息を引き取った女王が、どれほど喜ばれることか。

「……ありがとうございます」

「おまえに礼を言われることではない。それに、これで女王を慕う一派も余に従ってくれるだろう。……ブーネフェルも満足するはずだ」

宰相は処断されたが、いまだ一部の神殿や地方では女王に対して同情的な声を上げている。

むしろ宰相の件もあって、それらは大きくなっていた。

これまでのシェネウフならば、そうした声を力ずくで押さえたのかもしれない。

だが、王は変わった。

「それと、もうひとつ知らせておく」

「はい」

「おまえを王妃にする」

リイアは上半身を起こした。上掛けを胸元で押さえ、シェネウフを見下ろす。

「……わたし、どなたかの養女に？」

「いいや」

肘を突き、身体を起こしてシェネウフは笑った。

「おまえは、女王の娘だ。女王メデトネフェレトが遺した娘として神々に報告し、国土にも宣言する」

「……そんなこと、そんな、畏れ多いことを」

「女王の娘と結婚することで、完全に和解の証にもなろう」

「神々は、ご存じです……」

「余は、王だ」

シェネウフは腕を伸ばしてリイアを引き寄せ、優しい力で抱き締めた。

「神々と並び立つ者だ。ほかの神々が真実を知らずとも、余が承知であれば、それでいい。余が、おまえを守る」

「王……」

「そばにいてくれ、リイア。余の、そばに」

シェネウフの身体を抱き返し、リイアは答える。

「……いいえ、わたしのほうです。わたしが、あなたのおそばにいたいのです」

「おまえは」
ハ、と短く笑って、シェネウフは腕に力を込めた。
「素直に頷くことがないな！　いつもそうだった。従順でおとなしい顔をしていながら、必ず自分の考えを口にする」

「も、もうしわけ、ございませ」

「そこが気に入っている」

言葉を重ねて遮り、シェネウフは身体を離し、唇をリイアの瞼に押し当てた。

「この美しい色の目も気に入っている」

「え……」

「ヘンな色と言ったのは、それしか言葉を知らなかったからだ。ほんとうは、あまり綺麗で驚いていた」

子供の頃出会ったあのときのことを言っているのだと、一拍置いて、リイアは気づいた。

「覚えて、いらっしゃったんですか……？」

「うん。もう一度、会いたいと思っていた。周りが変わって忘れてしまっていたが、おまえに会って心惹かれたのは、どこかで覚えていたからなのだろう。……ヘンな色、か。こんなに綺麗なものを」

「王……」

リイアの心がふるえた。

「泣くな、リイア」

シェネウフは優しく、指先で涙を拭う。

「王妃になったら、泣いてばかりではいられないぞ？」

困惑して、リイアはうつむいた。

「……でも、わたしを王妃になど」

「いやか？」

王妃――とくに「偉大なる王の妻」と呼ばれる第一王妃は、夫を支え、国土の者すべての尊敬の対象であることを求められる。政治に関わる権利も持つが、当然ながら義務も課せられるのだ。

――自分にできるだろうか。

リイアはきゅっと手を丸め、シェネウフを見つめた。

「わたしは身分もありませんし、身体も強くはありません。なにもできないし、……なにもわからない女です」

「リイア」

シェネウフは涙を拭ってくれた指先を移動させ、髪を撫でる。

「そんなことは――」

「でもわたし、学びます」

王の言葉に重ね、決意を込めて言いきる。

シェネウフが目を見張り、唇の形だけで「なに？」とつぶやいた。

「――学びます。あなたにふさわしいように、支えられるように」

シェネウフは自分を王妃にと望んでくれた。それは強い愛情があるからで、リイアに王妃としての素質を見出し、求めたわけではない。

それでも、つまらない王妃を選んで、と、口さがなく言う者もあるだろう。

シェネウフの権威に瑕《きず》をつけるのは嫌だった。

歩きだそう、とリイアは思う。閉じ込められていたあの館や王宮から。

王のそばにいたいと願うなら、自分も変わるべきだ。前を向いてしっかり学び、ついていきたい。

「リイア」

シェネウフは口元を大きくほころばせた。

「おまえはほんとうに、余を驚かせる。いまのままでも十分だが、おまえがそう言ってくれたことは、とても心強い。――だがその前に、もう一度、問おう。余の妻になってくれるか？」

「え？」

リイアは一瞬、ぽかんとした。それを見つめる王の目が笑っていて、ハッと気づく。決意を語っておきながら、その前提の、きちんと応じる言葉を返していなかったとは……。

「リイア？」

「……はい、王よ」

目顔で問うてくるシェネウフに微笑み、頬を染めたリイアは大きく頷く。

「喜びをもって、あなたの妻になります」

「……よし！」

シェネウフはパッと顔を輝かせた。

そして湧き上がるものを持て余すように、上を向いて大きく笑った。

「美しい目の王妃だ！　余の、妻だ……！」

終章

東の空に夜明けとともにソプデトの星が現われ、国土は新年を迎えた。

大河は増水をはじめている。予想通りつつがなく土地が水に浸《つか》るように、祭事があちこちで執り行われはじめていた。

王宮のある都では、このめでたい時期に合わせて、シェネウフ王が王妃を迎えた。

女王メデトネフェレトが密《ひそ》かに遺した娘と説明されたが、新しい王妃の出自はだれもが承知していた。しかしそれは公然の秘密とされた。ふたりの結婚は、女王とシェネウフ王との関係を修復するものとして歓迎されたのだ。

そして増水季《アケト》の第二月のはじめ。

永遠に形を留める処理を施された女王が、大河の西岸、王族が葬られる墓所へと移される日が来た。


青い空を、ひどく間近に感じる。

一番、暑い時季だった。白く輝く太陽が、じりじりと国土を焼く。

「リイア、大丈夫か？」

赤と白の二重冠《セケムティ》を頂いたシェネウフが、濃い目化粧に縁取られた目を向けてきた。

胸元を大きく飾る黄金の装身具に、二枚重ねたくるぶしまでの腰布。帯は幅広のもので、前に垂らした部分には、こまかく護符と祝福が刻まれている。

美しく、堂々とした王の姿だった。

侍女の手で額から垂れる汗を拭われたリイアは、両翼を広げた鷲の意匠の、黄金細工の冠を頂く頭を傾げて微笑む。こちらも美しい王妃の姿だ。

「はい、王よ」

「では、行くか」

シェネウフが手を差し伸べる。

流れるようなひだをつけた薄布の上衣で隠していたが、リイアの左腕に残る傷痕は、白く浮き出て人目を引く。しかしそれを愛おしそうに撫で、シェネウフはリイアを導いて、長い階段を下りはじめた。

神殿の前庭に続く幅広の階段の下には、女王の遺骸を納めた黄金細工の棺と、副葬品を掲げて連なる神官たちが待機していた。

軽やかな楽の音が、暑気を払うように鳴り響く。神官たちの列の後方に日除けの布が立てられ、その下に楽士たちが揃っていた。

二十人ほどもいるその中に竪琴を抱えたラウセルの姿を見つけて、リイアは複雑な気持ちのまま目を凝らした。兄は変わりがないように見えた。やつれてはいないし、顔色もいいようだ。

――よかった、と安堵する端から、胸がじくりと痛む。

ラウセルとは事件後、ふたりきりで話していない。王妃となった自分をどう思っているのだろう……。

階段を下りきったそのとき、重なり合う楽の音が小さくなった。しん、と一瞬、静まった前庭に、清らかな竪琴の音色ひとつが朗々と流れだす。

その音――。

リイアは、それが兄の手によるものだとすぐにわかった。何度も、何度も耳にしてきた音。おそるおそる楽士たちに視線を向けると、やはりラウセルひとりだけが手を動かしていた。兄は一心に竪琴を奏でている。

美しく、優しい音色だった。凝ったものを、空に溶かしていくような……。

やがてふたたび楽士たちの演奏がはじまると、シェネウフは微笑んで見下ろしてきた。

「……おまえの兄が、自ら願い出た。おまえに聴かせたいと」

「兄、が」

「女王を送る場だが、それもふさわしいように思えて許した」

「……ありがとうございます」

そっと目元を拭った手に自身の手を重ね、シェネウフは力を込めて握ってくる。

「儀式は長い。つらくなったらすぐに申せ」

「はい」

「おまえのそばにいるからな」

「……はい」

高い位置にある日に焼けた顔を見上げて、リイアは目を細める。

太陽神の祝福を受けた、十七歳の若き王の晴れやかな笑顔だった。月神のようだった孤独な影は、もうどこにもない。

「行こう、リイア。我が王妃よ」

「はい。——我が王よ」

ふたりは寄り添い、前庭に敷かれた白い石畳の上を、ゆっくりと歩きだした。

あとがき

このたびは「昏暁《こんぎょう》～王は愛を知る～」をお手に取っていただき、誠にありがとうございました。

「またか！」とつっこまれそうですが……すみません、前作に続き古代エジプトです。年下でも王なので絶対服従で、というのを書きたくてヒロインを年上にしましたが、リイアがおとなしめになったのであまり意味がなくなった気がします……。

あ、個人的に工房の監督官が好きでした。シェネウフとのかけ合いはもっと長かったんですが、割愛しました。あああ。

次回作を、とお話をいただいたとき「ふおっ」と声をあげてしまいました。嬉しいのもありましたが、むしろ「いいんですか!?」的な意味で。前作が投稿しての採用という形でしたので、次もそうだろうと思い込んでいたのです。出来上がったらまた送っちゃおー、ぐらいでいました。

そんなわたしを「アホですか?」とも罵らず華麗にスルーしてくださる編集者様。色々察していただき……、ほ、ほんとうに、ありがとうございました!

また、イラストを担当してくださった瀧順子先生、改めてありがとうございました!シェネウフの迸る王様オーラに励まされ、毎日頑張れました。

それから家族、友人にも感謝を。特に友人Tにはお世話になりました。

最後に、読んでくださったすべての方々に心からお礼申し上げます。少しでも古代エジプトを感じて、楽しんでいただけましたら幸いです。

ありがとうございました!

夏井由依

夏井由依先生、瀧順子先生へのお便り、
本作品に関するご意見、ご感想などは
〒101-8405
東京都千代田区三崎町2-18-11
二見書房　ハニー文庫
「昏暁～王は愛を知る～」係まで。

本作品は書き下ろしです

Honey Novel

昏暁《こんぎょう》
～王《おう》は愛《あい》を知《し》る～

【著者】夏井由依《なついゆえ》

【発行所】株式会社二見書房
東京都千代田区三崎町2-18-11
電話　03(3515)2311［営業］
　　　03(3515)2314［編集］
振替　00170-4-2639
【印刷】株式会社堀内印刷所
【製本】ナショナル製本協同組合

落丁・乱丁本はお取り替えいたします。
定価は、カバーに表示してあります。

ISBN978-4-576-15139-7

http://honey.futami.co.jp/

原稿募集

新人・プロ問わず作品を募集しております。

400字詰原稿用紙換算
200～400枚

募集作品 男女の恋愛をテーマにした、ラブシーンのある読切作品。
（現代もの設定の作品は現在のところ募集しておりません）

締め切り 毎月月末

審査結果 投稿月から3ヶ月以内に採用者のみに通知いたします。
（例：1月投稿→4月末までにお知らせ）

応募規定 ● 400字程度のあらすじと応募用紙を添付してください。（原稿の1枚目にクリップなどでとめる）● 応募用紙は弊社HPよりダウンロードしてください。● ダウンロードできない方は、規定事項の内容を記載した応募用紙を作成し、添付してください。● 原稿の書式は縦書きで1ページあたり20字×20行か20字×40行(2段組可)。● 原稿にはノンブルを打ってください。● 受付作業の都合上、1作品につき1つの封筒でご投稿ください。（原稿の返却はいたしませんので、あらかじめコピーを取っておいてください）

規定事項 ● 本名（ふりがな）● ペンネーム（ふりがな）● 年齢 ● タイトル ● 400字詰原稿用紙換算の枚数 ● 住所（県名より記入）● 確実につながる電話番号、FAXの有無 ● 電子メールアドレス ● 本レーベル投稿回数（何回目か）● 他誌投稿歴の有無（ある場合は誌名と成績）● 商業誌掲載経験（ある方のみ・誌名等）

受付できない作品 ● 編集部が依頼した場合を除く手直し再投稿 ● 規定外のページ数 ● 未完作品（シリーズもの等）● 他誌との二重投稿作品 ● 商業誌で発表済みのもの

応募・お問い合わせはこちらまで

〒101-8405 東京都千代田区三崎町 2-18-11
二見書房ハニー文庫編集部　原稿募集係
電話番号：03-3515-2314

くわしくはハニー文庫 HP にて http://honey.futami.co.jp